# Bequem kann jeder

## *Mein Jakobsweg*

# Bequem kann jeder

## *Mein Jakobsweg*

Lukas Alexander Brust

Bibliografische Information der Deutschen Nationalbibliothek:
Die Deutsche Nationalbibliothek verzeichnet diese
Publikation in der Deutschen Nationalbibliografie; detaillierte
bibliografische Daten sind im Internet über dnb.dnb.de
abrufbar.

Herstellung und Verlag:
BoD - Books on Demand, Norderstedt

ISBN: 9783750408890

*Dieses Buch widme ich meiner
wunderbaren Freundin Viola, die mit
mir zusammen diese Reise durchlebt
hat. Außerdem widme ich dieses Buch
Dir, jedem einzelnen Leser wünsche
ich etwas aus meinen Erfahrungen
mitzunehmen!*

# Inhaltsverzeichnis

# Vorwort

Der Jakobsweg – oder auf Spanisch Camino de Santiago – bezeichnet eine Anzahl von Pilgerwegen durch ganz Europa, die alle das Grab des Apostels Jakobus in Santiago de Compostela in Galizien zum Ziel haben. Der Camino Frances ist der klassische Jakobsweg, der auf einer Strecke von knapp 800 Kilometern quer durch Nordspanien von den Pyrenäen nach Santiago de Compostela führt. Die letzen 320 km, ausgehend von León, haben meine Freundin Viola und ich gemeinsam bewältigt.

Der Inhalt dieses Buches umfasst meine Pilgerreise ausgehend von León bis nach Santiago de Compostela. In diesem Bericht lege ich meine eigenen Erfahrungen der Reise auf dem Jakobsweg dar. Dabei versuche ich insbesondere meine Eindrücke zu schildern und darzustellen, wie diese mich nachhaltig geprägt haben.

Vielleicht kann meine Schilderung anderen Leuten helfen, selbst die nötige Motivation aufzubringen, um solch eine Reise anzutreten. Gerade jüngere Leser versuche ich anzusprechen; wenn man das Abi hinter sich hat oder sonst genügend Zeit findet, kann man so ein Unterfangen ja mal ausprobieren.

Um Ihnen als Leser kurz einen Eindruck meiner Person zu vermitteln, schreibe ich an dieser Stelle, wer ich überhaupt bin. Mein Name ist Lukas Brust, bei Antritt dieser Reise bin ich 18 Jahre alt und habe meine Abiturprüfung kurz zuvor abgelegt. Von kleinauf war es mein Traum, Medizin zu studieren, also wusste ich zumindest schon mal, was ich im Anschluss machen wollte.

Als jüngster von drei Brüdern fühle ich mich immer ein wenig gezwungen, in die Fußstapfen meiner älteren Geschwister zu treten, denn diese sind bei allem, was sie machen, sehr erfolgreich und schaffen alles mühelos. Ich spiele gerne Fußball, treffe mich mit Freunden und mache ansonsten die Dinge, die man als 18-Jähriger so macht. Ich bin ziemlich ehrgeizig – etwas weniger Ehrgeiz könnte auch nicht schaden.

Ich denke mir oftmals, dass man sich vieles vornimmt, dies mitmachen oder das erledigen möchte. Man möchte vieles schaffen und seine Ziele erreichen. Solange jedoch diese Dinge nur als Gedanken aufblitzen, ist man der Held: Man nimmt sich dieses und jenes vor, aber erledigt letztlich kaum etwas davon. Genau so ist es auch bei mir.

Ich denke, es ist ganz natürlich und zudem richtig, sich Ziele zu setzen. Um diese dann auch zu erreichen, muss man allerdings Zeit und Arbeit investieren. Und genau das ist der springende Punkt, an dem ich oft scheitere. Im entscheidenden Moment fehlt mir einfach die Motivation oder es ist dann doch verlockender, einfach liegenzubleiben.

Nach dem Bestreiten dieser Reise fällt es mir insgesamt leichter, genau diese fehlende Motivation zu kompensieren. Natürlich darf dies nicht überbewertet werden; allerdings habe ich den Eindruck, dass mir es nun manchmal im entscheidenden Moment leichter fällt, dranzubleiben und eine Sache zu Ende zu bringen.

Meine Beweggründe für diese Reise scheinen recht simpel: Ein Hauptgrund ist meine Freundin Viola, mit der ich zusammen diese Erfahrung geteilt habe. Zu Beginn war es ihre Idee, diese Reise anzutreten. Nachdem unser Plan feststand, begann ich, „Ich bin dann mal weg" von Hans-Peter Kerkeling und etliche Interneteinträge zu lesen, um einen Überblick über solch ein Unterfangen zu bekommen.

Schon nach kurzer Recherche stellt sich heraus, dass eine solche Reise mit extrem viel Anstrengung, Zeitaufwand und Strapazen einhergeht, was mich zuerst skeptisch gemacht hat.

Ein wichtiger Punkt vorneweg ist, dass solch eine Pilgerreise Überwindung kostet. Überwindung, insbesondere jeden Tag um 5 Uhr aufzustehen, oder um einen Schlafplatz mit etlichen anderen Pilgern zu konkurrieren, um dann am nächsten Tag völlig übermüdet und geschunden die geplante Etappe zu bewältigen. Die langen Strecken stellen jeden Tag aufs Neue eine mentale und physische Belastung dar, während der man sich mit sich und seinem Geist befasst, ob man will oder nicht.

Dies führt auch letztendlich dazu, sich selbst besser kennenzulernen, und dies bringt mit sich, dass der eigene Horizont sich erweitert oder das „Mind-Setting" sich verändert.

Was hier gerade so fantastisch klingt, ist überhaupt nicht so abwegig. Gerade im Zeitalter der Smartphones und des Internets stellt die Motivation, sich zum Handeln durchzuringen und „etwas zu machen" für viele junge Menschen ein großes Problem dar.

Ein schneller Internetzugriff sowie ein adäquates elektronisches Gerät können die Aufmerksamkeit vieler junger Menschen über lange Zeiträume vollständig in Beschlag nehmen. De facto bleiben viele zu oft auf der faulen Haut liegen und belassen es beim aktuellen Zustand.

Und genau an dieser Stelle soll dieses Buch eine entscheidende Rolle spielen – der Motivation. Als junger Mensch fragt man sich „Wieso soll ich so eine unnötige Herausforderung überhaupt auf mich nehmen? Ich bleibe lieber hier!"

Außerdem spielen viele weitere Faktoren wie Zeit und Geld eine entscheidende Rolle bei der Bewältigung einer solchen Reise. Also wird der zunächst „absurde" Gedanke einer Pilgerreise als junger Mensch ganz schnell verworfen, und damit leider auch all die positiven, prägenden Effekte und Erfahrungen, die man sammelt. Um dabei zu helfen, diese mentale Hürde zu überwinden, zunächst bezogen auf das Sich-Durchringen zu einer solchen Reise und später auch auf andere Themenbereiche, schildere ich nun meine Erlebnisse.

# 1. Etappe 30.05.2017 León–Villar de Mazarife

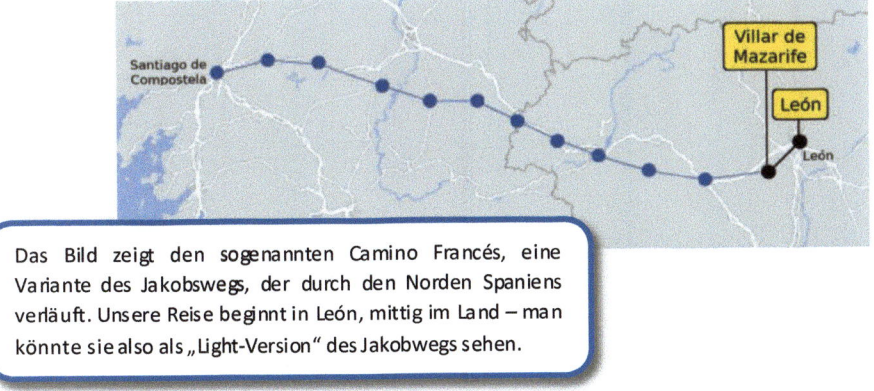

Das Bild zeigt den sogenannten Camino Francés, eine Variante des Jakobswegs, der durch den Norden Spaniens verläuft. Unsere Reise beginnt in León, mittig im Land – man könnte sie also als „Light-Version" des Jakobwegs sehen.

Wie viele andere Pilger auch starten wir den Camino de Santiago in León, ca. 320 Kilometer vor dem Pilgerziel Santiago. Die Strecke verläuft durch den Norden Spaniens. Dabei durchquert man die zunächst flache Gegend Kastiliens, die in die hügelige Berglandschaft Galiziens übergeht.

Zwei Tage zuvor landet unser Flieger nach Plan in Madrid, von dort aus startet unser Aufenthalt in Spanien. Es fühlt sich zunächst wie ein normaler Sommerurlaub an, das typische Touri-Feeling bahnt sich an, als wir viele Leute sehen, die mit ihren Kameras praktisch jeden Moment festhalten.

Auch wir sind nicht anders – wie es für junge Leute üblich ist, schießen wir viele Selfies und durchstöbern die Stadt.

Auf dem Bild sitzen wir beide vor dem Palacio Real, dem Königspalast. Das Bild hat nicht die übliche Perspektive von vorne, sondern von hinten aus Sicht der Gärten. Nichtsahnend, was uns erwartet, grinsen wir noch.

Die Zeit in Madrid vergeht schnell, und jetzt wird es ernst. Das Urlaubs-Feeling ist vorbei, und wir nehmen den Bus nach León. Von dort aus startet unsere Pilgerreise.

Vorab möchte ich noch erwähnen, dass in meinem Reisebericht viele, viele Namen von Orten oder kleinen Herbergen genannt werden. Natürlich weiß ich, dass man sich die ganzen Stationen beim Lesen niemals merken kann; diese sind auch nicht relevant. Es geht mir viel mehr darum, meine Eindrücke und Erfahrungen zu schildern, als einen detaillierten Reiseführer zu gestalten. Ich versuche aber dennoch, anhand von Illustrationen einen groben Überblick über unsere Reise zu skizzieren.

So, nun endlich in León angekommen, gibt es keine weiteren Ausreden mehr – unser Hostel für die heutige Nacht ist bereits bezahlt und auch das Urlaubs-Feeling ist weg.

Wir sehen uns ein wenig die Stadt an und gehen kurz darauf ins Bett. Unsere Reise beginnt mit dem Aufstehen um 7 Uhr morgens im Hostal Londres in León. Nach dem Frühstück und dem gegenseitigen Mutzusprechen geht es direkt los. Zum ersten Mal ziehen wir unsere Wanderausrüstung an und sehen aus wie Pilger; das wird klar, nachdem wir auch von anderen Pilgern aus Frankreich als solche identifiziert werden und mit ihnen ins Gespräch kommen.

Dies scheint wohl ein Pilgerreflex zu sein. Die Nachfragen, von wo man gestartet sei, wie viele Kilometer man schon gegangen ist und wie die heutige Etappe aussieht, gehören quasi zum „Pilgerritual" dazu, bevor ein ausführliches Gespräch geführt werden kann.

Zum ersten Mal bemerken wir, wie herzlich die Pilger miteinander umgehen. Ohne dass man sich kennt, tauscht man sich über persönliche Erlebnisse aus. Etwas unangenehm wurde das Gespräch, als man auf so absurde Themen kam, wie es denn so mit der Verdauung klappt... Ich fühle mich fast wie im Krankenhaus. Naja – soviel dazu, ein etwas schräger Einstieg...

Das erste Mal in unserer Ausrüstung, noch grinsen wir. Schließlich stinkt man noch nicht und hat noch keine Blasen an den Füßen.

Dann geht es endlich los: Wir betreten den Camino. Die heutige Etappe ist exakt 20 Kilometer lang, eine verhältnismäßig einfache Strecke ohne Höhenmeter. Auch der asphaltierte Untergrund ist ein guter Einstieg für die Strapazen der folgenden Etappen.

Unser Weg führt uns zunächst durch León an der wunderschönen (und asymmetrischen) Kathedrale vorbei. Danach geht es durch das nicht so schöne Industriegebiet und an viel befahrenen Straßen vorbei.

Als wir an eine Weggabelung kommen und wir uns zwischen einem etwas steinigeren alternativen Weg und dem „Camino Francés", der weiterhin an der Hauptstraße entlang führt, entscheiden müssen, wählen wir dankbar den ca. vier Kilometer längeren Alternativweg. Dieser führt durch die Natur Kastiliens, die wir dort das erste Mal bewundern dürfen. Links und rechts vom Weg erstrecken sich weite Weidelandschaften mit vielen Blumen – ein sehr schöner Anblick.

Nach ca. zehn Kilometern kommen wir richtig in Fahrt, und die schöne Umgebung und vor allem die Ruhe machen uns nachdenklich. Eine sehr schöne und lehrreiche Erfahrung ist es, als sich Viola und ich uns spontan unsere Gedanken und Gefühle mitteilen. Die Atmosphäre des Caminos veranlasst uns dazu.

Dies ist das erste Mal, dass uns der Jakobsweg uns etwas zurückgibt. Zwar sind wir noch nicht weit gekommen, aber dennoch merken wir, dass etwas an dieser Umgebung besonders ist.

Die Stille und die Einsamkeit lassen eine wunderbare Atmosphäre entstehen. So ruhig und friedlich kenne ich es aus Deutschland nicht.

Der weitere Streckenverlauf verläuft durch ein sehr kleines Dörfchen, in dem wir eine Pause einlegen und zum ersten Mal über unsere Beschwerden sprechen. Die Füße tun weh, wir sind erschöpft und die Haut ist trotz dreifachen Eincremens mit Sonnencreme verbrannt. Außerdem ist der Rucksack mit satten zwölf Kilogramm viel zu schwer und eine Dusche könnte auch nicht schaden.

Mit den Beschwerden kommen sogleich die ersten Zweifel über das gesamte Unterfangen auf und die Frage, warum wir das überhaupt machen. So richtig beantworten können wir das nicht. Also ziehen wir schweigend weiter.

Man hört „zwölf Kilometer" und denkt sich: „Hmm, so viel ist das doch nun auch nicht, stellt euch mal nicht so an." Aber unter den Umständen − es sind 36 Grad und wir sind noch nicht an das Wandern mit relativ schweren Rucksäcken gewöhnt, ist es doch recht strapazierend.

Am Ortsausgang sehen wir einen spektakulären Schwalbenschwarm. Wie aus dem Nichts fliegen wild etliche Vögel durch die Gassen und nehmen unsere gesamte Sicht ein. Dieser beeindruckende Anblick lässt uns die nächsten Augenblicke schweigsam verweilen und bestärkt uns in unserem Willen, diese Reise zu bewältigen.

Es scheint, als wären unsere Zweifel gehört und sofort ausgemerzt worden. Die folgenden und damit letzten fünf Kilometer der heutigen Etappe verlaufen über triste aspahltierte Straßen, die zwischen weiten Feldern verlaufen. Diese Strecke absolvieren wir nahezu schweigend. Aber auch dieses Schweigen hat in diesem Moment seine Richtigkeit und untermalt genau die Eindrücke des Caminos.

Nachdem wir nach ca. vier Stunden Wandern letztlich in der Herberge in Villa de Mazarife angekommen sind, stürzen wir zunächst unter die Dusche. Trotz leider nur eiskalten Wassers ist dies einer der wohltuendsden Duschgänge für mich.

Anschließend legen wir die Beine hoch. Zugegebenermaßen sind die Betten, Toiletten und Duschen nicht das, was wir von zu Hause gewöhnt sind. Der Hygiene scheint auch verhältnismäßig wenig Aufmerksamkeit geschenkt worden zu sein, jedoch kann dies unsere Stimmung nicht trüben.

Mit dem Eintreffen weiterer Pilger wird schnell klar, dass sich diese Pilgerherbergen von anderen Unterkünften (Hotels oder normalen Herbergen, wie wir sie aus Deutschland kennen) drastisch unterscheiden. Die Herzlichkeit, mit der man empfangen wird, ist großartig, und die Mitpilger sind oftmals ganz ähnlich gesinnt. So entwickeln sich sehr interessante Gespräche.

Wir unterhalten uns mit einem Deutsch-Italiener, welcher bereits in den Pyrenäen seine Pilgerreise begonnen hat (ca. 500 Kilometer vor uns) und somit in der Lage ist, uns auf Probleme und Schwierigkeiten hinzuweisen. Nach ausführlichen und teilweise sehr persönlichen Pilgergesprächen kochen wir uns unser Abendessen mit den im lokalen Geschäft gekauften Lebensmitteln. Nach den Anstrengungen und der extremen Hitze tut dieses Essen besonders gut.

Unser erster Aufenthalt in einer Herberge ist zunächst etwas schockierend, da die Wände mit Malereien, Zeichnungen und

Texten versehen sind. Die ganzen Botschaften und Zeichnungen stammen alle von Menschen, die vor uns diese Reise bewältigt haben.

Den Gedanken, dass so viele Leute vor uns dieses Abenteuer erlebt haben, finde ich faszinierend. Dies ist auch ein Denkanstoß für mich: Bisher dachte ich immer, ich sei was ganz Besonderes und alles, was ich tue, einzigartig und spannend. Aber nun wird mir klar, dass andere Menschen vor mir genau das schonmal gemacht oder erlebt haben. Vermutlich wurden sogar genau die gleichen Ideen auch zuvor schon gedacht. Wirklich interessante Gedanken kommen auf und lassen mich von da an die Dinge mit einem etwas anderen Blick sehen.

Außerdem befinden sich Viola und ich das erste Mal in einem Zimmer mit mehreren Personen und lernen so richtig die vorherige Privatsphäre zu schätzen. Da unser Biorythmus noch nicht an das frühe Aufstehen und das weite Wandern gewöhnt ist, fallen wir vor Erschöpfung ins Bett und schlafen rasch ein.

Dank der Erschöpfung fühlen sich die steinharten Betten so weich wie Watte an, und auch die Tatsache, ohne Kissen zu schlafen zu müssen, stört uns nicht.

Jeden Tag macht man sich Gedanken. Dadurch, dass man ohne Internetanschluss oftmals relativ isoliert von der Außenwelt ist, bleibt einem oftmals nichts anderes übrig. Man lässt die erlebten Dinge Revue passieren, und irgendwie bleibt jeden Tag etwas Neues oder Besonderes hängen. Ich habe immer das Gefühl, eine Kleinigkeit gelernt oder eine neue Erkenntnis gewonnen zu haben. Und dieses Phänomen möchte ich mit euch teilen...

Unsere heutige Erfahrung: Der Camino hat eine ungewöhnliche Atmosphäre.

## 2. Etappe 31.05.2017 Villar de Mazarife-Astorga

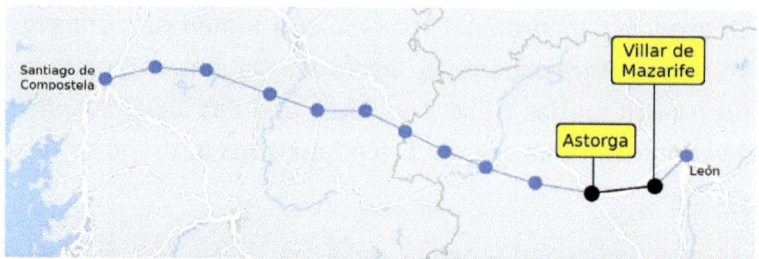

Nach den gestrigen 20 Kilometern und erholsamem Schlaf sind wir möglicherweise etwas übermotiviert. Im Nachhinein erscheint die erste Etappe wie ein Kinderspiel und wir glauben, weit größere Abschnitte zurücklegen zu können – Übermut.

Die heutige Etappe ist 34 Kilometer lang. Sie verläuft durch weitläufige Weidelandschaften und wüstenähnliche Steppen.

Der Tag beginnt mit dem etwas abrupten Aufstehen in der Herberge. Die meisten Pilger starten ihren Fußmarsch bereits um 5 Uhr morgens mit dem damit verbundenen Lärm. So passiert es, dass wir Pilgerneulinge sehr früh geweckt werden und danach leider nicht mehr einschlafen können.

So stehen wir also gezwungenermaßen selbst auf, steigen in unsere mehr oder weniger frischen Klamotten und verzehren unser erstes „Pilgerfrühstück", welches in nahezu jeder Herberge angeboten wird. Eigentlich ganz lecker, so ein „Pilgerfrühstück": Es beinhaltet die sogenannte „Tostada" (ein Toast) mit Marmelade, dazu gibt es Kaffee und Orangensaft. Bezahlbar ist das Ganze auch.

Gestärkt beginnen wir unseren Weg um ca. 6:15 Uhr, dieser führt zunächst zehn Kilometer nach Villavante. Die Strecke ist jedoch eine wenig befahrene Landstraße, die von zwei kleinen Bächen gesäumt wird. Deshalb schwirren unzählige Mücken und andere Insekten durch die Luft, was unangenehme Scherereien mit sich bringt.

Nicht selten fliegen die Viecher in Nase und Mund, was bei vielen Mitpilgern heftige Hustenanfälle auslöst. Nach einer kurzen Pause im nächstgelegenen Dorf führt uns der Camino bis nach Hospital de Órbigo, eine größere Ortschaft, in der wir viele Mitstreiter treffen.

In diesem Ort befindet sich eine wunderschöne Brücke, die bereits von den Römern erbaut wurde. Bei dem Anblick denken wir im selben Moment, dass man sich den Jakobsweg genauso vorstellt. Es ist wirklich beeindruckend, in genau diesem Moment an jenem Ort zu sein. Der Gedanke an den Camino und die gesammelten Eindrücke vom Jakobsweg überschneiden sich. Kaum zu glauben, denn noch vor wenigen Tagen schien das alles noch so fern. Und nun stehen wir selber hier. Wirklich beeindruckend ist auch die Kraft, die wir aus diesem Erlebnis schöpfen.

Die Brücke „Puente de Órbigo" ist namensgebend für den Ort. Dieser Abschnitt sieht genauso aus, wie wir uns den Jakobsweg vorgestellt haben.

Wir verweilen einige Minuten auf der Brücke, genießen die Aussicht und den Wind. Es bedarf keiner weiteren Worte, um den verbrachten Moment zu vervollständigen.

Gestärkt durch die schöne Erscheinung geht es weiter. Genau diese Kraft benötigen wir, um die nächsten 20 Kilometer zu bewältigen. Es ist ein extrem heißer Tag und die Sonne scheint erbarmungslos. Der Weg sowie die Umgebung stehen im perfekten Einklang mit dem Wetter. Links und rechts vom Weg erstrecken sich extrem weite karge Landschaften mit wenig Vegetation, die rauen Felsen und Steine sowie die rote Erde erinnern an eine Wüstenlandschaft – hochinteressant, wie sich die Eindrücke während dieser Etappe verändern.

Wir fühlen uns so, als seien wir nicht 15 Kilometer gelaufen, sondern als seien wir in einem anderen Land mit einer erbarmungslosen Wüste, geprägt von Trockenheit und kaum Lebendigen, gelandet.

Der Camino überrascht uns mit seinen eindrucksvollen Landschaftswechseln. Ehe man sich an ein Umfeld gewöhnt, taucht eine völlig neue Umgebung auf. Es wird also nicht langweilig!

Der Camino führt uns bergauf und bergab. Unter den extremen Bedingungen und auf dem schlechten Weg mit vielen großen, unbefestigten Steinen, ist dies sehr anstrengend. Jeder Schritt tut weh und es ist ein Kampf, sich an das Ziel zu schleppen – Astorga. Eine Herberge oder eine Übernachtungsmöglichkeit gibt es etliche Kilometer vor dem Etappenziel nicht.

Als dann irgendwann ein kostenloser Pilgerstand wie aus dem Nichts auftaucht, denke ich, dass ich fantasiere und es sich nur um eine Fatamorgana handeln kann. Der Stand soll aufgeriebenen Pilgern wie uns neue Kraft geben. Er bietet Früchte und kleine Teigwaren an, der Ort stellt sogar einen schattigen Schlafplatz für besonders ausgelaugte Pilger bereit.

Wir stürzen uns auf das Obst, holen uns nebenher den wohl schönsten Stempel unserer Reise und verweilen kurz. Man bekommt als Pilger Stempel in den Pilgerpass bei nahezu allen Herbergen oder anderen Pilgerstops. Im Nachhinein dienen sie zum einen als Erinnerung. Zum anderen muss man eine gewisse Anzahl von Stempeln nachweisen können, um die offizielle Pilgerbeurkundung in Santiago zu erhalten.

Nach diesem notwendigen Kraftschöpfen begeben wir uns auf die letzten sechs Kilometer nach Astorga. Schleppend bewältigen wir den letzten Aufstieg über Straßen in die Stadt und kommen schließlich völlig erschöpft in der öffentlichen Herberge an.

Das letzte Etappenstück macht mich wirklich nachdenklich. Es scheint, als würde jedes Mal, kurz bevor wir nicht mehr können, neue Energie entstehen, die es uns ermöglicht, weiterzumachen. An dieser Stelle muss ich sagen, dass die langen Strecken von gestern und heute sehr stark auf die Knie und Sehnen gehen. Gerade am Ende der Etappen sind die Schmerzen kaum mehr auszuhalten und jeder Schritt kostet Überwindung.

Das Foto zeigt mich; im Hintergrund ist ein Stand mit vielen tollen Sachen: Frisches Obst, Konfitüre und Teigwaren stehen kostenlos zur Verfügung. Nach dem notwendigen Zwischenstopp bin ich wieder in der Lage, in die Kamera zu lächeln. Auf meinem Pilgerpass erkennt man die bereits erhaltenen Stempel, sowie den Herzstempel von der aktuellen Station.

34 Kilometer sind wir heute insgesamt gelaufen. Nach der Ankunft folgt wie immer zunächst die Einweisung in die Herberge, dieses Mal eine sehr große mit ca. 150 Pilgern. Entsprechend groß sind die Zimmer und die fortwährende Geräuschkulisse – wir befinden uns das erste Mal mit zehn weiteren Personen in einem Raum.

Wir sind zu geschafft, um noch etwas anderes zu machen als uns nach dem Duschen auf den Betten zu erholen. Trotz unserer Sportlichkeit hat uns der Camino an den Rand der Erschöpfung getrieben. Die Knieschmerzen und die Geräuschkulisse hindern uns jedoch am Ausruhen. Die negativen Eindrücke summieren sich.

Und genau während dieser Zeit wird mir wieder meine Situation ganz bewusst – wir befinden uns weit entfernt von unserer vertrauten Umgebung. Wir sind irgendwo in Kastilien mit 150 anderen Pilgern in einem Haus, weit entfernt von Familie, Geborgenheit und Sicherheit. Mit den extremen Schmerzen in den Knien und den Sehnen kommen Zweifel über das gesamte Unternehmen auf: „Warum machen wir das überhaupt?"

Während ich über diese Frage nachdenke, beginnt plötzlich ein interessantes Gespräch zwischen zwei englischen Studenten in unserem Zimmer, dem ich gespannt lausche. Sie tauschen sich über ihr Leben aus und berichten jeweils von ihren Erfahrungen auf dem Camino. Und dann sagt der eine irgendwann: „I have been studying in Oxford for five years now, but you know what? Real life is the shit!" Das Zitat bedeutet soviel wie: „Ich studiere bereits fünf Jahre in Oxford, aber weißt du was? Das echte Leben ist das einzig Wahre!"

Diese Aussage beschäftigt mich besonders, sie trifft auch auf meine Person und insbesondere auf meinen ältesten Bruder Johannes zu. Man hat so viele Dinge zu erledigen und arbeitet den ganzen Tag hart für seine Ziele. Natürlich ist das an vielen

Stellen richtig und auch vermutlich der einzige Weg, wirklich weiterzukommen, aber dennoch darf man die kleinen Dinge nicht aus den Augen verlieren und muss bodenständig bleiben. Oftmals sind wir so fokussiert darauf, das Ziel zu erreichen, dass wir dabei ganz wichtige Sachen außer Acht lassen, nämlich im Moment zu leben und sich seines Glücks bewusst zu werden.

Und mit genau dieser spontanen Erkenntnis hat sich meine oben gestellte Frage: „Warum machen wir das überhaupt?" von selbst beantwortet. Es ist ganz klar, wir leben in genau diesem Moment und es liegt an uns, das Beste daraus zu machen. Die Herausforderung, den Jakobsweg bis zum Ziel zu bewältigen, erfordert viel Disziplin und Ausdauer. So versuche ich nun, meine Zweifel zu vergessen.

Jedoch möchte ich ebenfalls erwähnen, dass die schönen Eindrücke und Erfahrungen die Strapazen um Längen übersteigen. Ich fühle mich glücklich, genau an diesem Ort zu sein und genau das zu tun, was ich tue. All die Strapazen des Tages sind wie vergessen.

Nach einem ausgibiegen Abendessen, das Viola gekocht hat, legen wir uns völlig fertig ins Bett und schlafen trotz des enormen Lärmpegels schnell ein.

Unsere heutige Erfahrung: Lebe im Hier und Jetzt!

# 3. Etappe 01.06.17: Astorga-Foncebadón

Die heutige, weitgehend asphaltierte Strecke ist 28 Kilometer lang. Die erbarmungslose Sonne sorgt jedoch dafür, dass sich dieser Abschnitt eher wie 50 Kilometer anfühlt.

Unsere dritte Etappe beginnt wie gewohnt mit dem gezwungenermaßen frühen Aufstehen um 5 Uhr morgens, weil der enorme Lärm der Mitpilger ein Weiterschlafen nicht zulässt. Nach einem sehr schönen Frühstück auf dem Balkon der Herberge führt uns der Camino entlang einer Landstraße an etlichen Kapellen vorbei.

Uns fällt auf, dass man in den Kapellen sehr herzlich begrüßt wird und sich dort viele Pilger aufhalten. Wir beobachten, wie einige von ihnen Lieder anstimmen.

Der Ausblick aus unserer Herberge; Momente wie diese halten die Motivation und Moral aufrecht und belohnen die Strapazen.

Es herrscht also eine sehr herzliche Stimmung, auf die Viola und ich uns leider nicht einstimmen können. Die Strapazen der Vortage machen sich bemerkbar; die heiße Luft und die vielen Leute in der letzten Herberge sorgten für einen schlechten Schlaf. Wir schweigen uns beharrlich an und tauschen untereinander nicht einmal Blicke aus.

Der Moment musste nun einmal früher oder später kommen, wenn man sich jeden Tag wortwörtlich auf den Füßen steht. So vergehen die folgenden acht Kilometer sehr langsam und mühselig. Ehe diese unangenehme Situation zu blöd wird, gibt einer von uns Sturköpfen nach. Wir kommen wieder ins Gespräch und reden offen über die Situation. Das hilft uns beiden, und zudem ist es wesentlich schöner, als mit schlechter Laune weiterzulaufen.

Aus dem Gespräch entwickelt sich eine interessante und zugleich lehrreiche Diskussion. Der Inhalt betrifft ganz wesentlich das Glücklich-sein. Aus der Debatte nehme ich mit, dass es sehr wichtig ist, zu schätzen, was man hat. Das ständige Streben nach neuen und besseren Dingen, der Materialismus und die Erfolgssucht verhindern in meinen Augen das Glücklich-Sein-Können.

Auch wenn wir bei Weitem nicht die Lebenserfahrung haben wie der Großteil der Bevölkerung, so kommen wir doch auf gemeinsame Erkenntnisse. Der Camino wirkt inspirierend mit seiner Atmosphäre. Es klingt vielleicht unrealistisch, dass ein einfacher Weg zu so komplexen Diskussionen verhilft. Jedoch ist festzuhalten, dass einen schon die ungewohnte und auch besondere Umgebung des Jakobswegs auf neue Gedanken bringt. Neben den geistigen Beschäftigungen bleibt einem schließlich nicht viel anderes zu tun übrig.

Bevor der Camino steil bergauf führt, passieren wir einen sehr einprägsamen Pilgerstopp. An diesem Ort hält sich ein Mann mit seinem Adler auf, er bietet Fotos an und weist auf wahrzunehmende Kleinigkeiten in der Natur hin. Wirklich beeindruckend ist die große Anmut des Raubvogels. Egal wie absurd es klingt, dass ein bärtiger alter Mann mit einem Riesenadler auf der Schulter am Waldrand feranab der Zivilisation steht, so passt er exakt, wie viele andere Irrwitzigkeiten auch, sehr auf den Camino.

Nach kurzem Verweilen führt uns der Pfad nun seine erbarmungslose Steigung hinauf. Die Füße und die Knie fangen erneut an zu schmerzen, und mit eisernem Willen schleppen wir uns zur nächsten Bar im Folgedorf, in dem wir eine längere Pause einlegen.

Wir bestellen uns eine leckere Käse- und Salamiplatte und verzehren diese im Handumdrehen. Unsere Beschwerden werden allerdings nicht besser, so dass wir nicht viel länger warten und wieder aufbrechen, um unser sechs Kilometer entferntes Etappenziel Foncebadón zu erreichen.

Ein exemplarischer Ausschnitt aus der heutigen Strecke: Geröll und die starke Steigung machen uns zu schaffen. Die wunderschöne Natur und die Ruhe machen die Strapazen

Dieser letzte Abschnitt ist ein unbefestigter Schotterweg, der steil bergauf geht. Bemerkenswert ist, dass wir auf der gesamten Strecke keinen einzigen Pilger sehen. So schleppen wir uns unter starken Schmerzen die letzten Kilometer hinauf, sogar unser Wasser wird zum ersten Mal knapp. So ist dieser Abschnitt wirklich belastend für Körper und Geist.

Normalerweise erfolgt bei Spaziergängen jeder Schritt mehr oder weniger automatisiert, man denkt nicht darüber nach. Uns hingegen wird jeder einzelne Schritt bewusst. Die Schmerzen in den Gelenken werden unerträglich.

Irgendwann taucht dann wie aus dem Nichts Foncebadón vor uns auf der Bergspitze auf. Dieser Anblick mobilisiert unsere letzten Energiereserven; er hilft uns, den letzten Kilometer zum Ziel zu schaffen. Bei Erreichen unserer Unterkunft kommt Erleichterung auf, die körperliche und geistige Anspannung fällt langsam aber sicher ab.

Die Herberge begrüßt uns freundlich mit einem sonnigen Innenhof und sehr entspannender Musik. So verweilen wir nach dem Duschen für einige Momente draußen sitzend und genießen den Moment. Wir sind sehr glücklich. Die extremen Strapazen und Mühen haben sich für das Resultat gelohnt, jetzt an diesem schönen Ort zu sitzen.

Die guten Gedanken führen zu Kommunikationsfreudigkeit. Wir tauschen uns mit anderen Pilgern aus. Besonders interessant finde ich die Beweggründe für den Antritt dieser Reise. Dazu gehört zum Beispiel, dass der Camino als

Orientierungshilfe im Werdegang fungiert oder einfach als Entfliehen aus dem Alltag.

Die ausführlichen Gespräche machen uns hungrig, ein steinhartes Baguette sowie eine Packung Käse dienen als Abendessen. In dieser Situation bewährt sich das Sprichwort: „Der Hunger ist der beste Koch." Wir verschlingen das Essen und fallen kurz darauf in unsere Betten. Wir rekapitulieren das heute Erlebte und schlafen kurz darauf ein.

Unsere heutige Erfahrung: Der Camino verhilft zu neuen Sichtweisen.


## 4. Etappe 02.06.17: Foncebadón–Ponferrada

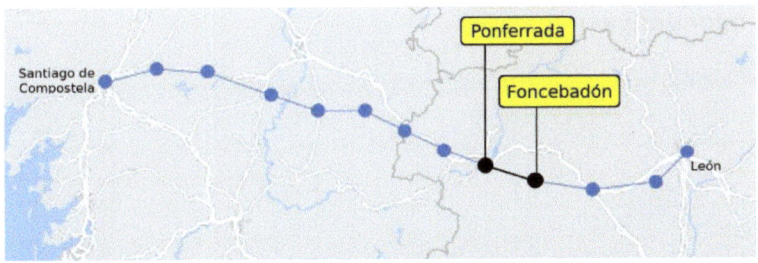

Für heute sind 26 Kilometer Kiesweg mit extrem vielen Höhenmetern geplant. Die Sonne tut ihr übriges, und mit etlichen Asphaltstraßen kristallisiert sich diese Etappe als eine der unangenehmsten und anstrengensten heraus. Der Camino zeigt sich heute hingegen landschaftlich von seiner schönsten Seite. Der Weg verläuft zum Großteil über die Berge Kastiliens, die eine phänomenale Aussicht bieten.

Der Tag beginnt wie immer mit dem Geweckt-Werden und dem anschließenden Frühstück. Nach ca. drei Kilometern sehr leichtfüßigen Wanderns erreichen wir das Cruz de Ferro, den offiziel höchsten Punkt des gesamten Caminos mit ca. 1.500 Höhenmetern.

Dieser Ort bietet nicht nur eine wirklich atemberaubende Aussicht in nahezu alle Himmelsrichtungen, er hat zudem eine metaphorische Bedeutung. Mit dem Abwerfen eines Steins an diesem Ort sollen auch symbolisch die Sorgen, die man mit sich trägt, abgeworfen werden. Also tun wir dies. Und tatsächlich, mit dem Stein geht nicht nur spürbar Ballast verloren, auch die Stimmung verändert sich merklich. Unsere Sorgen verschwinden natürlich nicht, doch schwingt irgendetwas mit.

Der hier nicht so spektakuläre Anblick des Holzkreuzes täuscht. Die Aussicht ist sehr eindrucksvoll. Der Haufen aus Steinen besteht aus jenen, die die Pilger symbolisch abgeworfen haben. Auch wir lassen hier unsere Sorgen liegen. Die Menschen haben also nicht nur symbolisch einen ganzen Berg Sorgen. Ob diese nun alle wirklich begründet sind, ist die Frage...

Nach einem kurzen Austausch mit anderen Pilgern verlassen wir diesen Ort wieder. Unsere Stimmung ist sehr gut, dazu tragen die wundervolle Landschaft, der Anblick von Kühen, die Wiesen und die gute Luft bei. Anstatt dass der Camino auslaugend und erschöpfend ist, wirkt er eher belebend. Der Anblick des benachbarten Bergs, der von blühendem, gelb strahlendem Ginster überzogen ist, ist besonders schön.

Der Camino führt uns danach an einer sehr abgeschiedenen Herberge vorbei. Ihr Anblick bietet ein sehr merkwürdiges Bild. Zunächst sehen wir Wegweiser, die etliche Großstädte und sogar Länder ausschildern. So finden wir auch ein Schild mit der Aufschrift „Bonn", es sind nur ca. 2.300 Km in jene Richtung. Also ein Tipp für alle Pilger, die sich etwas weitläufiger orientieren wollen.

Beim Eintreten muss man durch ein höhlenähnliches Konstrukt aus Holz gehen. Dann gelangen wir in einen kleinen Raum, in dem viele Katzen und Hunde liegen und sich so vor der Sonne schützen. Nachdem wir uns einen Stempel für unsere Pilgerpässe geholt haben, ziehen wir weiter.

Die recht imposante Herberge dient Pilgern, die noch einen etwas weiteren Weg vor sich haben, als Orientierung. Im Inneren waren dutzende Hunde und Katzen, die sich vor der Hitze schützen.

Die folgende Strecke führt allerdings nur noch steil bergab. Das Problematische an der Sache ist, dass der Weg stellenweise nur aus unbefestigten Steinen besteht, und dass jeder Schritt exakt koordiniert werden muss. Dies ist sehr energieintensiv. Viele Pilger haben wirklich Probleme, diesen Abstieg zu bewältigen; nicht umsonst sind an jedem Pfeiler und an jedem Schild Telefonnummern von Taxiunternehmen aufgeklebt.

Wir sind selbst kurz davor, es den anderen Pilgern gleich zu tun und uns ein Taxi zu nehmen. Jedoch lässt unser Ehrgeiz dies nicht zu. Irgendwie geht es dann weiter und dabei überholen wir sogar etliche Pilger. Ein bereits bekannter Ingolstädter erkennt uns und ruft uns zu: „Habt ihr in Bonn denn Berge oder warum seid ihr so schnell?" Erfreut antworten wir, dass die Eifel nicht weit von uns weg liegt. Nach den kurzen Wortfetzen gehen wir weiter und bewältigen die nächsten Kilometer.

Nichtsdestotrotz haben auch wir Probleme, insbesondere wenn waghalsige Radfahrer an uns vorbeischießen und wir deshalb fast stürzen. Wir fragen uns, dass wenn wir als Wanderer bereits so enorme Probleme mit dem Abstieg haben, was denn dann die Radfahrer hier überhaupt verloren haben!? Endlich zischt auch der letzte Radfahrer an uns vorbei und wir sind ganz alleine auf der Strecke, die sich von überwiegend Heidelandschaft in einen Wald wandelt.

Dabei wird uns erneut bewusst, wie schön die Natur sein kann. Mit einem Mal ändert sich das Landschaftsbild stark. Wirklich bewundernswert wird die Natur, als wir seltene Vögel und Eidechsen beobachten. Einmal mehr möchte ich die wunderschöne Landschaft hervorheben. Im Gegensatz zu den viel befahrenen Straßen und den Pilgermassen dient die Natur immer wieder als Rückzugsort für uns.

Die Umgebung trägt wieder dazu bei, dass wir zu persönlichen Gesprächen angeregt werden. Das Gespräch dreht sich darum, ob man eher alleine oder zu zweit sein Glück finden kann. Was uns betrifft, vertreten wir zunächst verschiedene Meinungen. Doch im weiteren Verlauf wird auch mir klar, dass die alleinige Anwesenheit von jemandem, den man gern hat, für ein Gefühl der Sicherheit ausreicht. Insbesondere auf dem Camino bin ich so dankbar, dass Viola mich begleitet. Es ist so wichtig für mich, jemanden dabei zu haben, dem ich restlos vertrauen kann. Mit den schönen Gedanken und der schönen Strecke vergehen die Kilometer schnell, und wir erreichen den nächstgelegenen Ort.

Dieser begrüßt uns mit einer wunderschönen Kapelle. Daraufhin führt der Camino über eine kleine Brücke durch das Dorf. Dabei bietet sich uns ein verlockendes Bild: Wir sehen einen sehr schönen ruhigen Ort auf einer Mauer bei einer Wiese, die den angrenzenden Fluss begrenzt. Wir nehmen den kürzesten Weg dorthin und machen es uns gemütlich, lassen unsere Füße im kühlen Wasser baumeln und entspannen uns. Zusammen mit den Vögeln und den Bergen im Hintergrund bietet sich uns ein nahezu märchenhafter Anblick, den wir in vollen Zügen genießen.

Endlich mal etwas Wasser an so einem heißen Tag. Es tut so gut, die Füße im kühlen Wasser baumeln zu lassen. Die friedliche Ruhe und schöne Umgebung lassen uns den Momemt in vollen Zügen genießen.

Wie aus dem Nichts erleben wir etwas zunächst sehr enttäuschendes und im Nachhinein wirklich lustiges. Zu unsererm Entsetzen tauchen hinter uns plötzlich zwei Männer auf. Ohne etwas zu sagen, flitscht einer der beiden seinen Zigarettenstummel vor unsere Füße ins Wasser. Nichtsahnend und mit entsetzten Blicken drehen wir uns um und sehen die Neuankömmlinge. Sie lächeln uns ironisch an, um gleich darauf noch den mit Benzin betriebenen Rasenmäher anzuschmeißen. Die Störung war perfekt, als die Männer unser Gepäck zur Seite warfen. Der penetrante Lärm, der ernome Gestank und der Fakt, dass die Männer unser Gepäck dreist zur Seite geschmissen haben, machen uns klar, dass wir weitergehen sollten. Empört stehen wir wortlos auf und gehen weiter.

Wir sind uns einig, dass uns noch nie so ausdrücklich gezeigt wurde, dass wir unerwünscht sind. Naja, vielleicht war es im Nachhinein ja auch ganz gut, da wir dadurch aufgerappelt wurden und unsere Etappe zu Ende führen konnten.

19 Kilometer haben wir heute bereits geschafft, sieben liegen noch vor uns um nach Ponferrada, unserem Etappenziel, zu gelangen. Im Reiseführer steht, dass diese sieben Kilometer es allerdings in sich haben. Es bestehen zwei Möglichkeiten bei der Streckenführung. Der originale Camino führt an einer stark befahrenen Straße entlang; der Alternativweg verläuft zwar durch Dörfer und über Schotterwege, ist jedoch drei Kilometer länger.

Der extreme, ca. 15 Kilometer lange Abstieg von heute Vormittag macht sich bemerkbar. Jedoch sind es uns die drei Kilometer wert, die Landstraße zu meiden. Wir schleppen uns also die letzen zehn Kilometer für heute nach Ponferrada. Auf diesem Abschnitt fährt ein waghalsiger Motorradfahrer dreimal mit Höchstgeschwindigkeit an uns vorbei. Der Lärm dabei ist nicht auszuhalten – vermutlich mag dieser Pilger nicht so sehr. Ein weiteres Mal werden wir also unfreundlich weitergebeten. Ansonsten ist das verbleibende Stück glücklicherweise recht unspektakulär, viele weitere Höhenmeter hätten wir nicht vertragen.

Um ca. 14 Uhr kommen wir in unserer Herberge an, nachdem wir ein wenig umhergeirrt sind. Gegen eine kleine Spende können wir beide hier übernachten. Nach der üblichen Einweisung und der Zimmervergabe merken wir schnell, dass wir mit altbekannten Pilgerfreunden zusammengetroffen sind. Es handelt sich hierbei um zwei Amerikanerinnen, eine Mutter und ihre Tochter, die wir ca. eine Woche zuvor bereits in Madrid getroffen haben, als unser Flieger aus Deutschland ankam. Was für ein Zufall! Wir tauschen uns über unsere bisherigen Erfahrungen aus und reden über die Hürden und Herausforderungen des Caminos.

Nachdem wir geduscht haben, gehen wir einkaufen, um unser Abendbrot vorzubereiten. Wie immer halten wir das Essen extrem einfach, heute gibt es Rührei (nicht das erste Mal!), jedoch schmeckt es wie immer vorzüglich, so dass wir es verschlingen.

Zufrieden und erschöpft gehen wir zu Bett. Alle Zimmerkameraden fallen sofort in einen tiefen Schlaf, der mir in dieser Nacht leider nicht gegönnt wird. Extreme Unterleibsbeschwerden machen sich bei mir bermerkbar. Sofort weiß ich, dass ich eine Blasenentzündung habe.

In einer Nacht- und Nebelaktion muss ich also in einem extrem stickigen, stockfinsteren Zimmer aus meinem Hochbett herunterklettern, dabei jegliche Geräusche vermeiden und in meinem Rucksack nach dem Antibiotikum kramen. Dabei übersteige ich eine penetrant schnarchende Amerikanerin und finde schließlich das Medikament im hintersten Winkel meiner Tasche.

Nach der Einnahme fühlte ich mich ein wenig besser, und ich kann nun auch ein wenig schlafen.

Unsere heutige Erfahrung: Man erfährt, wenn man unerwünscht ist.

## 5. Etappe 03.06.17: Ponferrada–Villafranca del Bierzo

Heute halten wir uns ausnahmsweise an die vom Reiseführer empfohlene Tagesroute und wandern die entsprechende Strecke ab. Normalerweise versuchen wir, genau diese Orte zu meiden, da es durchaus vorkommt, dass die Übernachtunsmöglichkeiten schon früh belegt sind und man schauen muss, wo man bleibt.

Der Camino führt uns heute durch die Weinberge Kastiliens. Die Etappe erstreckt sich über 25 Kilometer und hat eher wenige Höhenmeter. Der Tag beginnt mit einer recht schlechten Laune meinerseits. Die extrem stickige, heiße Luft im Zimmer sowie die Blasenentzündung haben mir eine sehr unangenehme Nacht bereitet, und ich konnte mich nur unzulänglich ausruhen. Nach dem Frühstück, welches aus den letzten Vorräten der Vortage besteht, nehme ich das Antibiotikum ein.

Zunächst passieren wir die größere Stadt Ponferrada und kommen dabei an einer alten, von den Römern erbauten Burg vorbei. Leider konnten wir uns die Sehenswürdigkeiten nicht ausreichend anschauen. Der Grund dafür ist meine angeschlagene Gesundheit und meine damit verbundene schlechte Laune.

Der Streckenverlauf zieht sich anfangs sehr hin; die Kilometer wollen einfach nicht vergehen. Die eintönige Umgebung sowie die schwüle Hitze tun ihr übriges. Landstraßen und asphaltierte Wege erzeugen nicht den Eindruck, als sei man auf dem Camino. Die Landschaft ist unspektakulär und ich ziehe eine unzufriedene Miene, die sogar anderen Pilgern auffällt. Mit den aufmunternden Worten: „Hey, warum schaust du so traurig drein? Du hast so eine schöne Freundin, ich könnte bei meiner Begleitung vielleicht traurig sein!" gehen zwei junge Männer an uns vorbei und klopfen sich auf die Schulter.

Diese Begegnung hat genau ihren Zweck erfüllt; hinzu kommen die Worte „Smiles not Miles", die auf einem Schild stehen, an dem wir vorbeikommen, und meine Laune verbessert sich erheblich. Unser Eindruck bleibt erhalten, dass der Camino jedes Mal, sobald man Probleme mit der Motivation bekommt, einen darin bestärkt, weiterzumachen.

Wirklich beeindruckend – ohne diese Ereignisse wäre diese Reise viel schwieriger geworden.

Nachdem wir endlich die tristen Straßen, die aus der Stadt führen, verlassen, erstrecken sich Weinberge, so weit das Auge reicht. Der Camino ist immer für eine Überraschung gut.

Mit der gelösteren Stimmung werden wir gesprächiger. Es folgt ein angenehmes Gespräch über die Vegetation, die wir durchqueren. Besonders beeindruckend sind die weitreichenden Weinberge links und rechts des Caminos; außerdem stehen etliche Kirschbäume direkt am Wegesrand. Leider wurden alle greifbaren reifen Früchte bereits von anderen Pilgern abgepflückt, so dass wir uns leider nur am Duft und an dem Anblick reifer Kirschen in den Baumkronen erfreuen können.

Nach einer kurzen Pause auf einer Parkbank am Wegesrand führt uns der Camino durch einige kleine Wäldchen. Dies ist wirklich angenehm, und mit der besseren Stimmung vergehen die Kilometer ohne große Anstrengung. Unser Körper hat sich bereits an den neuen Biorythmus gewöhnt. Es fällt uns leicht, so früh morgens aufzustehen, um direkt danach 25 bis 35 Kilometer zu wandern. Zu Beginn der Reise war dies wesentlich anstrengender. Nichtsdestotrotz bleibt mir meine Blasenentzündung erhalten und bereitet weiterhin Probleme. Mein Körper ist völlig fertig, als wir endlich um ca. 13:30 Uhr in Villafranca del Bierzo ankommen. Zu unserem Glück haben wir einen Platz in einer wunderschönen Herberge bekommen.

Nachdem wir heiß geduscht haben, müssen wir uns beide zunächst ausruhen. Neben meiner Blasenentzündung bekomme ich zu allem Überfluss auch noch Fieber. Mit anderen Worten, mir geht es wirklich schlecht. Nachdem ich mich in das Bett der Herberge werfe, falle ich sofort in einen Fieberschlaf. Nach dem Schlafen geht es mir ein wenig besser.

Obwohl die Strecke recht angenehm war, hat uns die vorangegangene Nacht schwer zu schaffen gemacht. Während ich schlafe, ist Viola unterwegs und sorgt für das Abendbrot. Es gibt belegte Sandwiches, die wir beide mit Genuss essen. Wie gesagt, der Hunger ist der beste Koch. Nachdem wir uns halbwegs regeneriert haben, setzen wir uns vor einen Kamin und rekapitulieren gemeinsam den Tag.

Ja, wie gesagt, die Herberge war wirklich besonders: Neben schönen heißen Duschen gibt es den Kamin, an dem man es sich abends gemütlich machen kann. Während unseres Gesprächs werden wir beide sehr müde. Wir legen uns ins Bett, auch, damit ich schneller genese. Trotz der extremen Strapazen haben wir die Etappe gemeinsam bewältigt. Die Überwindung der heutigen Herausforderung bringt

Genugtuung. In dieser Nacht schlafen wir Gott sei Dank wesentlich besser und schöpfen neue Kraft.

Das Foto zeigt unsere Herberge für die heutige Übernachtung. Man sieht einen kleinen Kamin, an dem wir es uns gemütlich gemacht haben, bevor wir schlafen gegangen sind. Die schöne Herberge war genau das Richtige, um mich wieder auf Vordermann zu bringen.

Unsere heutige Erfahrung: Be positive; smiles not miles.

# 6. Etappe 04.06.17: Villafranca del Bierzo–La Faba

Die heutige Etappe erstreckt sich über 27 Kilometer inklusive extrem vieler Höhenmeter. Der Tag beginnt mit dem frühen Aufstehen und dem Frühstück in der Herberge. Außerdem finden wir frisches Obst im Kühlschrank vor, welches andere Pilger hinterlassen haben, damit sich andere daran erfreuen können: Kirschen und Pfirsiche, die wir mehr als dankbar annehmen.

Danach geben wir unser Gepäck an der Rezeption ab, um dieses per Gepäcktaxi in den 17 Kilometer entfernten Ort transportieren zu lassen. Der Grund dafür ist, dass die heutige Strecke den sogenannten „Camino Duro" beinhaltet, was so viel bedeutet wie „Der schwere Weg". Nicht nur der Name ist bereits respekteinflößend, auch andere erfahrene Pilger haben uns vor diesem Abschnitt gewarnt. Um uns also ein wenig zu entlasten, senden wir unser Gepäck vor, welches wir an einem späteren Punkt des Caminos abholen wollen.

Die Strecke beginnt sogleich mit der Weggabelung des Caminos. Man muss sich zwischen dem „Camino Duro" oder der alternativen Strecke über die Bundesstraße entscheiden. Für uns ist klar, dass wir den Camino Duro nehmen, da wir die schöne Landschaft und Aussicht schätzen, die uns dort erwarten. Außerdem kommt hinzu, dass die Ruhe, die uns auf dem Berg umgibt, sehr viel angenehmer ist als die vielbefahrene und durchaus gefährliche Landstraße.

Ebenfalls ist zu erwähnen, dass Kreuze ab und zu auf und neben dem Camino auftauchen, die an ehemalige Pilger erinnern, die auf dem Camino verstorben sind. Insbesondere die vielbefahrene Straße soll schon einige Opfer gefordert haben. Dies verdeutlicht einmal mehr die Herausforderung, auf die wir uns eingelassen haben. Dies ist nicht so ein einfacher Spaziergang, wie wir ihn aus Deutschland gewöhnt sind.

Am Wegesrand tauchen immer wieder Kreuze auf. In diesen Zaun wurden Tausende von Kreuzen eingeflochten. Sie erinnern daran, dass der Jakobsweg einen religiösen Ursprung hat, zeigen an manchen Punkten aber auch die Stellen an, an denen Pilger verstorben sind... Zwischen all diesen Kreuzen herzulaufen war etwas unheimlich.

Der Camino Duro beginnt wie erwartet erschreckend steil und verläuft durch kleine Wälder einen Berg hinauf. Nach ca. drei Kilometern Anstieg und 800 Höhenmetern gelangen wir endlich auf eine ebene Strecke. Was uns sofort auffällt, ist die enorme Kälte, die uns dort empfängt. Mit dem Austreten aus dem kleinen Wäldchen merken wir, dass wir außerdem noch starkem Wind ausgesetzt sind.

Auffallend ist, dass überall braune Blätter umhergeweht werden. Die Szenerie erinnert extrem an einen sehr ungemütlichen, windigen Tag im Herbst. Uns wird rasch sehr kalt. Zu unserem Pech ist dies auch das erste Mal, dass wir keine wärmeren Klamotten anziehen können, da wir unser Gepäck abgegeben haben. Trotz all der Unnannehmlichkeiten werden wir mit einer wunderbaren Aussicht belohnt. Mit einem Blick können wir unsere letzten beiden Etappen betrachten. Die Anstrengungen sind es also mehr als wert!

Um uns trotzdem warmzuhalten, insbesondere wegen meiner Blasenentzündung, gehen wir sehr schnell weiter. Wir durchqueren die Ebene in Windeseile wegen der Kälte und gelangen nach einer weiteren Weggabelung in ein isoliertes Dörfchen, bevor der Abstieg des Camino Duros beginnt. In diesem Dorf setzen wir uns in die einzige Bar weit und breit.

Eine Pause war bitter nötig, also bestellen wir uns einen Kakao und einen heißen Tee und wärmen uns auf. Die Getränke helfen, aber noch besser sind die Herzlichkeit und das warme Gemüt der Wirtin; sie schmiert uns spontan ein Marmeladenbrot zu den heißen Getränken, das wir dankbar essen.

Um nicht zuviel Zeit zu verlieren, bedanken wir uns bei der netten Wirtin und folgen dem Abstieg der Strecke ins Tal. Dabei wird uns klar, dass nicht umsonst so viele Pilger die alternative Strecke dem Camino Duro vorziehen. Gerade, wenn man an Kniebeschwerden leidet, ist dieser Abstieg nur sehr schwer zu bewältigen.

Wir arbeiten uns Schritt für Schritt den unbefestigten Steinpfad herunter. Der extreme Wind sorgt dafür, dass Staub und Blätter stetig aufgewirbelt werden. Es fallen sogar einige Regentropfen. Langsam und beschwerlich kämpfen wir uns hinunter bis ins Tal. Zu unserer Freude sind hier die Winde deutlich schwächer und auch die Luft ist viel milder. Hier treffen die beiden Wege (Camino Duro und Alternativweg) wieder aufeinander und münden in eine vielbefahrene Landstraße. Dieser folgen wir die nächsten fünf Kilometer, bis wir beide eine weitere Pause benötigen. Der steile Anstieg und auch Abstieg machen sich bemerkbar; wir verweilen ein weiteres Mal in einer Bar und trinken Tee. Die Kälte liegt uns noch immer schwer in den Knochen.

Das Foto zeigt die Aussicht vom Camino Duro aus. Weit im Hintergrund sieht man die bergige Landschaft, aus der wir kommen, rechts unten im Bild verläuft die stark befahrene Straße, der wir bewusst ausgewichen sind. Wir bereuen die Entscheidung nicht.

Nichtsdestotrotz bewältigen wir gestärkt und problemlos die nächsten Kilometer. Der Weg führt uns durch kleine Dörfer, die so schnell an uns vorbeiziehen, wie sie aufgetaucht sind. Dabei treffen wir auf viele Pilger, die der anderen Route gefolgt sind. Letztlich erreichen wir das Dorf, in welches wir unser Gepäck geschickt haben. Wir holen unsere Rucksäcke ab und packen sogleich das Obst von heute morgen aus. Die Kirschen schmecken vorzüglich; sie waren bisher die beste Wegzehrung. Wir denken dankbar an diejenigen, die uns das Obst überlassen haben.

Gestärkt überstehen wir auch die letzten sechs Kilometer unserer heutigen Etappe nach La Faba. Ein weiteres Mal hat der Camino eine Steigung, die durch einen unheimlichen Wald verläuft. Unheimlich deswegen, weil der Wald auf den ersten Blick zu perfekt aussieht. Man sieht grün, so weit das Auge reicht, Bäche kreuzen den Camino und Vögel zwitschern im Hintergrund. Bei genauerem Hinsehen fällt allerdings auf, dass die gesamte Vegetation von Pilzen oder Flechten befallen ist.

Dieser unheimliche Anblick ist ein Ansporn, die Etappe so schnell wie möglich zu Ende zu bringen. Mit den vielen Grabkreuzen, die uns heute begegnet sind, sowie diesem Märchenwald, kommt eine unangenehme Stimmung auf. Da dies nicht der erste Anstieg für heute ist, stellt diese Strecke eine besondere Belastung dar und wir schleppen uns mit letzter Kraft das letzte Stück der heutigen Etappe nach La Faba hoch. Aufgrund der körperlichen Belastung verschlechtert sich mein gesundheitlicher Zustand zusehends.

Das Foto zeigt den „Märchenwald" vor dem Betreten. Man erkennt dicht-stehende Bäume und Sträucher. Bei genauem Hinsehen entdeckt man, dass jeder einzelne Baum von grünen Flechten überzogen ist und anfängt, Blätter zu verlieren. Eine etwas unheimliche Atmosphäre kommt in diesem Wald auf...

Als wir letztendlich gänzlich erschöpft oben ankommen, werden wir in einer Herberge begrüßt, die von deutschen Hospitaleros geführt wird. Auffällig ist die deutsche Mentalität der Gastgeber, da man „gefälligst" die Schuhe vor dem Eintreten ausziehen soll. Danach ordnet man sich – verschwitzt und in Socken – in eine Warteschlange ein, um sich dort mit Pilgerpass und Personalausweis zu registrieren.

Andere Pilger neben uns unterhalten sich in Zimmerlautstärke, was sofort mit den Worten „Can you talk more quiet? I have to concentrate!" unterbunden wird. Also herrscht relative Stille in einem Raum, in dem sich ca. 20 Pilger aufhalten. Etwas merkwürdig, wenn man bedenkt, wie lebhaft sich Pilger normalerweise untereinander austauschen. Ja, vertrauter Perfektionismus und eine strenge Regulation der Dinge erinnern uns an unsere Heimat.

Danach duschen wir, es gibt leider nur kaltes Wasser. Anschließend falle ich vor Erschöpfung ins Bett. Ein unangenehmer Fieberschlaf übermannt mich erneut. Völlig verschwitzt wache ich auf und doch ist mir irgendwie kalt. Mit zitterndem Körper kommt mir nun ebenfalls der Hunger, so dass wir in der örtlichen Bar ein Stück Kuchen bestellen. Es ist sehr lecker, aber völlig überteuert. Deshalb kaufen wir uns Nudeln und Tomatensoße im Laden nebenan und kochen selbst. Wie immer schmeckt uns unser Essen besonders gut. Nach der Einnahme des Antibiotikums sinke ich erneut ins Bett. Die unangenehme Geräuschkulisse und die schlechte Luft in dem riesigen Zimmer (32 Betten) veranlassen uns, rauszugehen.

Anschließend setzen wir uns in die Küche der Herberge, die gleichzeitig auch als Gemeinschaftsraum dient. Wie aus dem Nichts tauchen plötzlich zwei polnische Priester auf, die ebenfalls Mitpilger sind. Sie planen, eine Messe zu feiern. Es ist Pfingstmontag, was wir gar nicht realisiert haben, bis wir darauf aufmerksam gemacht werden. Hier auf dem Camino ist jeder Tag gleich. Man verliert gänzlich das Gefühl für Wochentage und Datum. Die Priester halten also eine Messfeier in der sehr schönen Kapelle, die zur Herberge gehört, ab. Da wir es auf jeden Fall vermeiden wollen, länger als nötig in dem stinkenden Zimmer zu verbleiben, nehmen wir dankbar an der Feierlichkeit teil.

Während dieser Messe treffen ca. 30 Pilger aus allen möglichen Ländern, Kulturen und auch Religionen aufeinander. Auf den ersten Blick scheinen alle recht unterschiedlich zu sein. Ganz deutlich wird dies, da verschiedene Sprachen gesprochen werden und auch die

Andacht auf Polnisch abgehalten wird, was nur wenige verstehen. Aber sobald die Messe beginnt, beten und singen alle gemeinsam. Dies, und das Ziel, nach Santiago de Compostela zu gelangen, verbindet alle anwesenden Personen. Auch wenn es verschiedene Religionen oder verschiedene Ansichten über Glauben im Allgemeinen gibt (einige vertreten die Ansicht, dass es keinen Gott gebe), wird aus der Feierlichkeit ein zusammenschweißendes Erlebnis.

Es entsteht ein sehr schönes Gefühl der Verbundenheit. Denn wie aus dem Nichts tauchen die zwei polnischen Priester auf und feiern diese Messe mit uns, den Pilgern. Der Fakt, so weit von zu Hause weg zu sein, sich unter vielen fremden Leuten zu befinden und mit diesen in einem Zimmer zu schlafen, ist plötzlich zweitrangig. Es geht nicht so sehr darum, wo man ist, sondern eher darum, dass man das tut, was man macht – pilgern.

Es werden sehr emotionale Fürbitten in vielen verschiedenen Sprachen vorgetragen, gerade die Fürbitte eines älteren, deutschen Pilgerehepaars berührt mich. Es geht um den einjährigen Enkel, der als Frühgeburt auf die Welt gekommen ist und dadurch blind ist. Man wird nachdenklich: Warum passiert so etwas, wenn doch Gott allmächtig und zugleich barmherzig ist. Ja, wir greifen die sogenannte Theodizee-Frage auf, die sich damit beschäftigt, wie all das Leid auf der Welt zu erklären ist, wenn Gott barmherzig und gleichzeitig allmächtig sei.

An dieser Stelle möchte ich lediglich selbst zum Darübernachdenken anregen – jedem gläubigen Menschen stellt sich früher oder später diese Frage. Neben den Antwortversuchen, die wir noch aus dem Religionsunterricht kennen, bringen wir eigene Gedanken in ein hochinteressantes Gespräch ein. Keine der Antworten trägt auch nur annähernd zu einer Lösung bei. Wir verweilen still und genießen die Ruhe, bevor wir in das Zimmer zurückkehren.

Mit religiösen Anregungen und dem wohligen Gefühl der Verbundenheit mit den ähnlich gesinnten Pilgern gehen wir zu Bett. Zwar ist der Raum viel zu klein für insgesamt 32 Betten und die Geräuschkulisse ist enorm, doch können wir trotz allem sehr gut schlafen. Es ist wirklich notwendig, sich nach den heutigen Strapazen ausreichend zu erholen.

Unsere heutige Erfahrung: Man kann Glück mitten im Nirgendwo finden.

## 7. Etappe 05.06.17: La Faba–Triacastela

Der heutige Weg führt uns 29 Kilometer über Höhen und Tiefen. Im Gegensatz zu den anderen Tagen beginnt der heutige mit dem Geweckt-Werden durch die Hospitaleros. Bemerkenswert, denn nirgendwo sonst wurden wir von den Herbergenbetreibern förmlich rausgeschmissen. Auch dies erinnert uns an die Heimat. Spätestens um 7 Uhr morgens müssen alle die Herberge verlassen.

Zu unserem Glück- konnten wir gut schlafen. Mein Fieber ist über Nacht verschwunden und auch meine anderen Beschwerden haben sich merklich gebessert. Wir ziehen ohne ein festes Etappenziel los, damit wir spontan entscheiden können, wie weit wir es heute schaffen. Ohne Frühstück, da leider keins angeboten wird, führt uns der Camino zunächst anderthalb Stunden bergauf.

Dabei passieren wir die Grenze Kastiliens und gelangen endlich nach Galizien – die Region, in der auch Santiago liegt. Die Grenze wird durch einen markanten Stein definiert. Auf diesem ist neben vielen Pilgergedanken das Wappen Galiziens zu sehen. Es ist ein sehr bewegender Moment auf unserer Reise. Der Stein, der bereits von etlichen Pilgern passiert wurde, zeigt uns, wie weit wir es bereits geschafft haben, und wir bekommen einen neuen Motivationsschub.

Da wir keine Möglichkeit hatten, in La Faba zu frühstücken, erging es uns beim Aufstieg besonders schlecht. Mit dem Betreten von Galizien bekommen wir neue Kraft, und das Wandern fällt für die nächsten Kilometer wesentlich leichter. Und es bestätigt sich wieder einmal: Jedes Mal, wenn der Camino besonders hart ist und wir an unsere körperlichen und geistigen Grenzen kommen, fordert er uns quasi auf, weiterzumachen.

Nachdem wir den Aufstieg bewältigt haben, kommen wir nach sechs Kilometern im Dorf Ocebreiro an. In diesem Dorf, das erste, das in uns in Galizien begegnet, treffen wir sofort auf Angebote der lokalen Spezialität: Pulpo, zu deutsch Krake. Naja, so eilig haben wir es dann doch nicht mit dem Probieren, so dass wir uns die altbekannten Bocadillos (belegte Baguettes) in der nächstbesten Bar bestellen. Wir nehmen uns fest vor, auf jeden Fall den angepriesenen Pulpo zu probieren; er soll sehr schmackhaft und gesund sein.

Nach der nötigen Stärkung führt uns der Camino zu einer Aussichtsplattform, die einen grandiosen Überblick über die Landschaft bietet. Die gute Luft, die Aussicht und die Sonnenstrahlen wirken wie eine Energiequelle für unsere Motivation und die Anstrengungen scheinen wie vergessen.

Genau diese Momente sind es, an die ich mich noch lange erinnern werde. Wir nehmen den Augenblick bewusst wahr und empfinden ein Glücksgefühl. Um die oftmals erwähnten Ausblicke zu beschreiben ist beizufügen, dass sich diese aus den weitreichenden Bergketten Galiziens zusammensetzen. Dazwischen liegen Täler, die von zartgrüner Flora bedeckt sind. Das Zusammenspiel der aufgehenden Sonne und der Perspektive haben etwas Magisches. Ich kann nicht oft genug betonen, wie erfüllend die Aussicht für mich ist. Die Strapazen des Aufstiegs werden mehr als ausreichend belohnt!

Ein weiteres Foto der wunderbaren Naturkulisse des Caminos. Ich kann nicht oft genug erwähnen, wie viel Kraft und Motivation uns Ausblicke wie dieser gegeben haben. Der schwere Aufstieg bis dahin scheint wie vergessen, wir sind endlich in Galicien!

Nach dem schönen Verweilen verläuft die Strecke weiterhin oszillierend bergauf und bergab, aber nie eben, was das Laufen nicht gerade erleichtert. Der Weg führt oft über Landstraßen und wir bekommen Blasen an den Füßen. Bei der nächsten Herberge legen wir eine Rast ein. Wir essen ein Brot und wechseln unsere Schuhe, um unsere Füße zu entlasten.

Die letzten neun Kilometer der Etappe sind ein Krampf. Die Höhenmeter, die wir heute und am Vortag aufgestiegen sind, müssen wir wieder ins Tal runter nach Triacastela. Auf den unbefestigten Kieselsteinwegen stürzt Viola dreimal. Gott sein Dank, dass es nur zu Schürfwunden und Blutergüssen kommt. Wir haben nämlich von einigen Pilgern gehört, die sich bei ihren Stürzen den einen oder anderen Knöchel gebrochen haben, oder aufs Gesicht gefallen sind. Dies hätte zum sofortigen Abbruch der Reise geführt. Wir haben also noch Glück im Unglück.

So schleppen wir uns den letzten Abschnitt sehr vorsichtig zum Etappenziel. Dabei zählen wir jeden geschafften Kilometer. Es scheint wirklich, als würden wir gar nicht vorankommen. Sogar die wegweisenden Steine, die teilweise die Kilometeranzahl bis nach Santiago anzeigen, scheinen immer wieder die gleiche Zahl anzuzeigen.

Zu erkennen ist ein typischer Wegstein des Caminos. Die Aufschrift Galicia verrät, wo man sich befindet, und die Kilometerzahl auf den Steinen, die immer wieder auftauchen, scheint einfach nicht kleiner zu werden. Die gelben Pfeile sind typisch und in größeren Ortschaften fast überall zu finden.

Irgendwann, nach einer sehr anstrengenden Etappe, kommen wir endlich in Triacastela an. Wir gehen zielstrebig zu der schönen Herberge, die uns im Reiseführer empfohlen wird. Die Rezeption spricht kein Wort Englisch. Nachdem wir nun also fragen, ob eine Übernachtung für uns noch möglich sei, werden wir unfreundlich zurückgewiesen und darauf aufmerksam gemacht, dass dies nur mit Reservierung gehe...

Frustriert ziehen wir weiter; ganz am Ortsende finden wir eine weitere Herberge. Der Anblick lässt uns allerdings ein wenig erschauern. Uns erwartet eine marode Außenfassade. Das Dach ist undicht und der Putz bröckelt an allen Ecken und Enden ab. Verunsichert treten wir ein und fragen nach zwei Betten für heute Nacht. Natürlich sind noch genügend Plätze frei, so dass wir im Zimmer mit ca 20 Betten Platz finden. Zu unserer Verwunderung ist aber nur ungefähr die Hälfte belegt. Vermutlich hat es sich herumgesprochen, dass diese Herberge zu meiden ist. Anstatt rumzunörgeln finden wir uns mit der Situation ab. Zumindest sind Duschen vorhanden.

Nach dem Duschen fühlen wir uns deutlich besser. Kurz darauf waschen wir unsere Wäsche und hängen sie auf. Das ist auch bitter nötig: Viel weiter hätten wir es nicht geschafft mit den müffelnden Klamotten. Im örtlichen Laden kaufen wir völlig überteuerte Lebensmittel und essen diese. Danach fallen wir auf unsere Betten, um uns von den Strapazen auszuruhen.

Wie es selbstverständlich kommen muss, als wir uns gerade halbwegs mit der Situation abfinden, trifft eine Pilgerbekanntschaft, ein Mann und eine Frau mittleren Alters, ein und schmeißt sich auf das Bett direkt neben uns. So viel zum Ausruhen. Aus ihrem gebrochenen Englisch geht hervor, dass sie sich vor zwei Tagen auf dem Camino kennengelernt haben und sich inbesondere für ihre Häuser in den jeweiligen Heimatländern interessieren. Wegen der im Zimmer herrschenden Ruhe müssen wir gezwungenermaßen zuhören. Zunächst handelt das Gespräch nur von angeberischen Protzereien wie „Ich besitzte zu Hause das und das Auto oder mein Haus hat so viele Etagen", später wird es zunehmend persönlicher.

Mit Voranschreiten des Abends werden Gespräche und Berührungen zusehends intimer. Bis dann nach einer Weile der Satz: „Am liebsten würde ich dich jetzt gleich so nehmen!" folgt. Die Situation wird uns extrem unangenehm, so dass wir schnell die Zähne putzen, um aus dem Raum zu gelangen. Bevor sich das frischverliebte Pärchen weiter ausziehen kann, wird es von einem älteren Pilger unterbrochen, der es bittet, für sowas doch bitte ein eigenes Zimmer zu mieten. Nach der Mahnung versuchen wir schnell einzuschlafen. Dabei drücken wir unsere Handtücher auf die Ohren, um so wenig wie möglich mitzubekommen. Irgendwann schlafen wir ein, doch durch die schlechte Dämmung und den Fakt, dass das Dach Löcher hat, frieren wir extrem. Somit wird uns auch in dieser Nacht nicht viel Schlaf vergönnt. Wir bekommen nun auch eine saftige Erkältung.

Auch im Nachhinen erscheint dieser Tag sehr aufreibend und als einer der unangenehmsten. Er beginnt mit der unfreundlichen Aufbruchstimmung in der Herberge in La Faba, wird durch etliche Stürze auf fiesen Kieselwegen begleitet und endet in der häßlichen Unterkunft – wirklich frustrierend. Nichtsdestotrotz hat auch genau diese Erfahrung ihren Sinn, sie bestärkt uns in unserer Fähigkeit zur Ausdauer. Bevor wir anfangen, uns selbst zu bemitleiden und auf schlechte Gedanken zu kommen, versuchen wir das Beste daraus zu machen.

Unsere heutige Erfahrung: Weitermachen, nicht aufgeben!

# 8. Etappe 06.06.17: Triacastela–Barbadelo

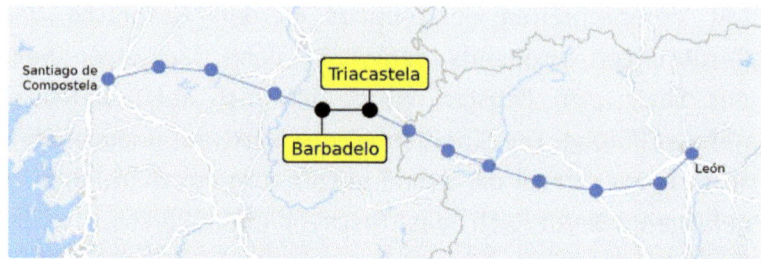

Heute erwarten uns 25 Kilometer schöner Strecke durch viele spektakuläre Wälder. Der Tag beginnt wie immer mit dem Geweckt-Werden durch den Lärm der Mitpilger. Daraufhin frühstücken wir kurz und beginnen unsere Etappe.

Diese startet jedoch gleich mit einem Problem. Die schlechte Wegausschilderung sowie die Aufteilung in mehrere Wegmöglichkeiten lassen uns kurzzeitig durch die Gegend irren. Wohlgemerkt das erste Mal, dass wir vom Weg abkommen. Weit und breit keine Menschenseele, die man nach dem Weg fragen könnte.

Während wir uns aufteilen, um nach Hinweisen zu suchen, stelle ich meinen Rucksack ab, um den Reiseführer zur Hand zu nehmen. Dabei schleicht sich ein streunender Hund von hinten an und leckt meine Hand ab. So sehr wie in diesem Moment habe ich mich vermutlich noch nie erschrocken. Der Hund war trotz allem sehr lieb und folgte uns bis zum Dorfausgang. Es scheint, als hätte er uns den richtigen Weg weisen wollen. Schließlich finden wir auf die richtige Route zurück. Wieder einmal verhilft uns der Camino dazu, weiterzumachen.

Die Strecke beginnt mit einem steilen Anstieg zum isolierten Ort San Xing. Auf dem Weg begegnen uns frei herumlaufende Hühner und Kühe. Die vollkommene Freiheit der Tiere verspüren auch wir in diesem Moment.

Das Wetter wird zum ersten Mal schlecht; leichter Regen sorgt dafür, dass die ohnehin schon matschige Strecke sich in ein Bächlein verwandelt. Links und rechts vom Weg erstrecken sich riesige Bäume, die mit ihrem Wurzelgeflecht fiese Stolperfallen sind. Jeder Schritt muss gut überlegt sein und kostet viel Energie. Außerdem sind jetzt unsere Schuhe nicht nur staubig und ausgelaufen, sondern auch dreckig und durchnässt – perfekt für Blasenbildung.

Im Ort San Xing angekommen, erwartet uns eine unheimliche, wirklich gruselige Atmosphäre. Die Steinhäuser stehen alle leer. Hin und wieder sehen wir eine pechschwarze Krähe am Himmel fliegen, die typische Geräusche von sich gibt. Und es regnet. Wir verlassen das Dorf sofort wieder. Auf der gesamten Strecke begegnen uns keine weiteren Pilger.

Auf dem Jakobsweg begegnen einem immer wieder freundliche Wegbegleiter.

Zum Glück bessert sich das Wetter und mit den ersten Sonnenstrahlen auch unsere Laune. Der Camino führt uns im folgenden Streckenverlauf durch Wälder, die an einen Regenwald erinnern. Sehr beeindruckend, die schwüle Luft sowie das feuchte Klima, die Farne überall und sogar Lianen...

66

Wir fühlen uns, als seien wir auf der anderen Erdhalbkugel und nicht einige Tagesmärsche entfernt von den vorangegangenen Landschaften. Zu Beginn unserer Reise erinnert uns die Umgebung ganz stark an eine Wüste, insbesondere die brennende Sonne, die triste Flora und die rote Erde tragen dazu bei. Es scheint fast schon irreal, nun in so einem „Regenwald" zu stehen.

Die besonderen Natureindrücke erleichtern das Laufen ungemein, und ohne auch nur ein einziges Mal auf die absolvierte Kilometeranzahl zu achten, erreichen wir nach 20 Kilometern die Stadt Sarria. Hier müssen wir dringend Bargeld besorgen. Außerdem werden wir im Reiseführer auf „Sehenswürdigkeiten" hingewiesen. Darunter eine alte römische Brücke, ein Pilgergefängnis und eine Treppe. Ein wenig enttäuscht und verwundert über die vermeintlichen Sehenwürdigkeiten verlassen wir die Stadt rasch wieder.

Unser Etappenziel Barbadelo liegt ca. fünf Kilometer vor uns. Die Strecke bis dorthin verläuft durch wunderschöne Landschaften, durch Wälder und Wiesen. Fast idyllisch – in Gedanken versunken erreichen wir Barbadelo. Heute scheint alles zu gelingen. Die Kilometer verfliegen nur so, keine weiteren Stürze, und auch die Moral spielt wieder mit. Unsere Herberge, die wir bereits heute morgen angerufen haben, um zu reservieren, sehen wir schon von Weitem. Sehr gepflegte Steinhäuschen, sowie freundliches Personal erwarten uns.

Nachdem wir unser Zimmer betreten haben, können wir unser Glück kaum fassen. Nur acht Betten, eine Dusche und ein Bad; die Betten sind sehr bequem und es gibt Decken. Noch nie haben wir uns so sehr über Decken gefreut. Im Endeffekt sind wir sogar ganz froh, so eine „schlechte" Herberge wie am Vortag erlebt zu haben, denn nun können wir schöne Herbergen noch viel mehr schätzen.

Nach der gestrigen Unterkunft erscheint diese wie ein 5-Sterne-Hotel. Die Betten sind gemütlich, es gibt eine Heizung und warme Duschen. Zum Glück haben wir bereits am Morgen reserviert, und das Personal spricht Englisch...

Nach dem Duschen erfahren wir, dass es sogar einen Pool gibt. Fast schon geschockt von der Nachricht machen wir uns auf, um uns mit unseren eigenen Augen zu überzeugen. Also gehen wir rasch in den Garten der Herberge und uns erwartet einen weite, beflieste Terrasse mit Pool und Liegen. Wir sind sehr verwundert. Wir legen uns an den Pool und schwimmen gleich darauf eine Runde. Die Sonne, der Pool, die Liegen, alles erinnert an einen Kurort zum Entspannen. Hinter uns sagt eine Deutsche: „Das ist ja wie Urlaub am Pool!", woraufhin Viola sagt: „Das ist Urlaub am Pool!" Wirklich glücklich entspannen wir uns hier einige Stunden. Auch jetzt erleben wir diesen Moment ganz bewusst. Dankbar für diese schöne Zeit kurieren wir die Wehwechen der letzten Tage aus. Die Strapazen scheinen wie vergessen.

Bei diesem Anblick wollen wir nicht mehr glauben, dass wir uns auf dem Jakobsweg befinden. Die Ruhe, die schöne Lage sowie der Pool lassen uns wieder ins Urlaub-Feeling zurückfinden.

Langsam kommt der Hunger. Wir bestellen uns also ein Abendessen im Restaurant der Herberge. Wie alles andere ist dieses ebenfalls sehr gepflegt und perfekt ausgestattet. Wir bestellen uns lokale Spezialitäten wie Paella und Empanada. Paella ist ein spanisches Reisgericht, welches mit Fleisch oder Meeresfrüchten zubereitet wird. Empanada ist eine herzhafte

Teigware mit Füllung, die für die jeweilige Region typisch ist. Das Essen schmeckt vorzüglich.

Anschließend gehen wir zufrieden ins Zimmer. Dabei machen wir eine erstaunliche Bekanntschaft. Bei der Bekanntschaft handelt es sich um einen polnischen Pilger. Wie es bei Pilgergesprächen üblich ist, handelt man zunächst die Punkte Strecke, Motivation und Wohlbefinden im Gespräch ab. Danach spricht man über sehr persönliche Dinge.

So erfahren wir von ihm, dass er bereits in Danzig gestartet ist, das sind ca. 4000 Kilometer bis Barbadelo, wo wir uns gerade befinden. Des Weiteren handelt es sich bei seiner Person um einen Regisseur, der an zwei Filmen über den Camino Francés beteiligt war. Außerdem hat er Blutkrebs im Endstadium. Die Ärzte haben ihm nur noch fünf Monate Lebenszeit prognostiziert. Diese möchte er auf dem Camino verbringen.

Sobald er in Santiago angekommen ist, wird seine Tochter aus Kanada dazustoßen und mit ihm gemeinsam die enorme Strecke bis zum Vatikan laufen. Diese Geschichte macht uns beide sehr nachdenklich. In der kurzen Zeit des Kennenlernens bauen wir bereits eine sehr enge Beziehung auf. Er schenkt Viola eine Kette als Andenken.

Nach dieser sehr emotionalen Begegnung gehen wir zu Bett. Die Sonne hat uns sehr müde gemacht. Die gemütlichen Betten und die Decken sorgen dafür, dass wir schnell in einen tiefen Schlaf fallen.

Unsere heutige Erfahrung: Lerne das zu schätzen, was du hast.

## 9. Etappe 07.06.17: Barbadelo-Gonzar

Die heutige Strecke ist 29 Kilometer lang und verläuft hauptsächlich durch Wälder. Im Nachhinein stellt sich diese Etappe als eine der schönsten dar. Mit Ausnahme einer stinkenden Hühnerzucht verläuft der Camino ausschließlich an naturbelassenen Orten vorbei.

Im Gegensatz zu den Vortagen schlafen wir in den wirklich bequemen Betten so gut, dass uns die Mitpilger ausnahmsweise nicht vorzeitig aufwecken. So können wir um 6:30 Uhr aufstehen, um danach in der Herberge zu frühstücken. Beim Frühstück treffen wir den polnischen Mitpilger und verabschieden uns herzlich. Aufgrund seines gesundheitlichen Zustands verweilt er einen weiteren Tag in Barbadelos. Wir tauschen unsere Kontaktdaten aus, um zukünftig zu korrespondieren. Sein bemerkenswerter Charakter lässt uns auch im Nachhinein an ihn denken.

Im Anschluss brechen wir auf und beginnen die Etappe. Direkt zu Beginn fällt auf, dass erschreckend viele Pilger auf dem Camino sind, deutlich mehr als sonst. Des Weiteren sind keine Pilger darunter, die wir bereits getroffen haben. Wir fragen also aus Neugierde, wo diese den Camino begonnen haben und erhalten als Antwort „Sarria". Sarria ist die Stadt, die wir gestern kurz vor unserem Etappenziel erreicht haben.

Diese Pilger sind quasi Neulinge auf dem Camino. Es handelt sich also um die „100-Kilometer-Pilger", die in Sarria starten, um die offizielle Beurkundung in Santiago zu erhalten, die bescheinigt, ein Pilger gewesen zu sein. Um eine solche Beurkundung zu erhalten, muss man nämlich die letzten 100 Kilometer zu Fuß, die letzten 200 Kilometer zu Pferd oder auf dem Fahrrad nachweislich bewältigt haben. Besonders gut kann man die „100-Kilometer-Pilger" aufgrund markanter Merkmale zuordnen.

Darunter waren die noch nicht von der Sonne verbrannte Haut, die noch frischen, halbwegs sauberen Schuhe und Rucksäcke, sowie ihre große Motivation: Tatsächlich kann man schon aufgrund der Haltung und des beschwingten Schritts Unterschiede ausmachen. Pilger, welche bereits mehrere 100 Kilometer in den Knochen haben, schleppen sich voran, ohne dabei eine Miene zu verziehen. Die „100-Kilometer-Pilger" von heute sind noch sehr gesprächsfreudig und strotzen nur so vor Energie.

Der Camino erweist sich heute zu Beginn als sehr schön. Durch unser schnelles Tempo lassen wir die Mitpilger schnell hinter uns und gelangen in einen Wald. Dieser empfängt uns mit Vogelgezwitscher und Bachplätschern. Ein wunderschöner Anblick. Ein weiteres Mal sind wir überwältigt von der Natur, die der Camino bietet.

Die schöne Atmosphäre regt uns zur Gesprächigkeit an. Nachdem wir auf dem Weg um eine Spende für ein Kinderkrankenhaus gebeten werden, initiiert dies ein Gespräch, welches davon handelt, ob so eine Spende sinnvoll ist. Wir haben schon von vielen Trickbetrügern gehört, die sich auf dem Camino aufhalten sollen. Man soll besonders in den Herbergen vorsichtig sein, damit niemand das Hab und Gut stiehlt.

Nicht wirklich überzeugt von der Seriosität dieser Spendenanfrage ziehen wir weiter. Das Gesprächsthema bleibt erhalten. „Wie kann man überhaupt helfen? Wie kann man die Welt zu einem besseren Ort machen?" Diese Fragen stellen wir uns; eine adäquate Antwort zu finden gelingt uns nicht. Aber wir kommen zu der Erkenntniss, dass es wichtig ist, in erster Linie an sich selbst zu arbeiten. Um etwas zu bewegen, muss man erst einmal sich selbst verändern.

Wir denken an das sogenannte Outsourcing, bei dem etliche Menschen und Länder aufgrund billiger Arbeitskräfte oder wegen ihrer Ressourcen ausgebeutet werden, um unser westliches Konsumverhalten aufrechtzuerhalten, und uns wird klar, dass wir selbst durch unseren eigenen Lebensstil dazu beitragen.

Mit diesem Bewusstsein gehen wir weiter und merken, dass es sehr schwer ist, als Individuum etwas zu ändern.

Nichtsdestotrotz fangen wir an, bei uns selbst eine Veränderung zu schaffen, um im Nachhinein etwas zu bewegen.

Einig sind wir uns in dem Punkt, dass Fortschritt und die damit verbundene Forschung von fundamentaler Wichtigkeit für eine bessere Welt sind. Deshalb liegen unsere beruflichen Ziele darin, Menschen zu helfen und zum Fortschritt beizutragen.

Neben spannenden Diskussionen überzeugt der Camino mit einem schönen Weg, der durch spektakuläre Wälder führt.

Mit diesem sehr lehrreichen und richtungsweisenden Gespräch vergehen die folgenden Kilometer sehr schnell. Wir erreichen die nächste Bar, in der wir eine kurze Pause einlegen. Bei diesem Halt erleben wir einen unterhaltsamen

76

Konflikt. Ein älteres Paar deutscher Pilger hat zuvor zwei Portionen Rührei bestellt. Sie erhalten allerdings Spiegelei, nehmen dieses dankend an, und fangen sofort an zu essen. Ein französisches Paar am Tisch nebenan hat allerdings das Spiegelei bestellt und soll im Gegenzug das Rührei bekommen. Das Paar lehnt aber das Rührei strikt ab, und der Restaurantbesitzer reagiert sehr aufbrausend. Die Kommentare der Deutschen treiben den Spanier zur Weißglut. Um ein Haar hätte er die Spiegeleier genommen und mit diesen um sich geworfen. Zum Glück kann er sich beherrschen und geht fluchend zurück in die Küche.

Nach dem durchaus amüsanten Vorfall führt uns der Camino durch weitreichende Weidelandschaften. Es bietet sich uns ein sehr schöner Ausblick auf das vor uns liegende Portomarin. Auf dem Weg dorthin können wir beeindruckende Vögel sehen, die geschickt in Gruppen eine Jagd koordinieren. Wirklich faszinierend sind die Sturzflüge, die wir beobachten. Das Beutetier, eine Maus, sofern wir es richtig erkennen können, hat nicht die geringste Chance zu entkommen.

Ein Mal mehr sind wir überwältigt von den vielen Eindrücken des Caminos. Wir verweilen und genießen den Anblick der Raubvögel am Himmel. An dieser Stelle möchte ich sagen, dass ich vor dieser Reise nicht in der Lage war, Natureindrücke so intensiv wahrzunehmen – der Camino hat mir beigebracht diese zu sehen und zu schätzen.

Danach passieren wir eine Brücke, die über einen Stausee bis nach Portomarin führt. Dort füllen wir sofort unsere Flaschen am Brunnen auf und kaufen uns wie immer ein Baguette für heute Abend. Aufgrund der schlechten Ausschilderung kommen wir zum zweiten Mal vom Camino ab und irren ein wenig umher. Die Pilger, denen das Gleiche passiert, können wir warnen und ihnen den den rechten Weg weisen.

Wir erreichen Portomarin. Davor haben wir einen riesigen Stausee überquert. Das Ziel kommt immer näher. Das tolle Wetter und die Raubvögel bieten ein beeindruckendes Bild.

Dem kurzen Aufenthalt in Portomarin folgt der letzte Abschnitt unserer heutigen Etappe. Die letzten neun Kilometer erweisen sich härter als gedacht. Der Camino geht zunächst steil bergauf, um danach sieben Kilometer an einer vielbefahreren Bundesstraße entlangzuführen.

Nachdem wir uns einigermaßen mit der unschönen Strecke abfinden, überwältigt uns ein bestialischer Gestank. Wie bereits im Pilgerführer beschrieben, kommen wir an einer stinkenden Hühnerzucht vorbei. Der Gestank und der unansehliche Anblick hinterlassen einprägsame Eindrücke. Dieser Abschnitt stellt sich tatsächlich als schwerer heraus als gedacht, jeder Schritt erfolgt ganz bewusst. Bis wir letztendlich in Gonzar ankommen, klagen wir einigermaßen viel. Der penetrante Gestank hat sich ebenfalls in unsere Nasen eingebrannt.

In Gonzar erwartet uns zum Glück eine sehr schöne Herberge. Die vorangegangenen Kilometer werden also entsprechend entlohnt. Wie immer nehmen wir eine belebende Dusche und ruhen uns aus. Danach kommt der Hunger, und wir essen das Baguette mit etwas Käse. Selten hat ein trockenes Baguette mit Käse so gut geschmeckt.

Unser Aufenthalt verläuft weiterhin recht ereignislos, wir rekapitulieren gemeinsam den Tag und schreiben gemeinsam das Erlebte auf. Je näher wir unserem Ziel kommen, desto ausführlicher werden unsere Aufzeichnungen.

Es scheint, als wollten wir unbewusst nicht akzeptieren, dass unsere Reise unweigerlich ihrem Ende zugeht. Nachdem wir ein leckeres Abendessen in der Herberge gegessen haben, legen wir uns zu Bett. Die Strapazen der letzten Kilometer lassen uns unsere Ruhezeit ganz bewusst schätzen. Mit den schönen Gefühlen schlafen wir rasch ein. Uns wird wieder eine erholsame Nacht vergönnt.

Unsere heutige Erfahrung: Arbeite zunächst an dir selbst.

## 10. Etappe 08.06.17: Gonzar–Melide

Heute haben wir ca. 35 Kilometer vor uns, unsere längste Strecke, die über viele einfache Schotterwege, durch einige Wälder und über asphaltierte Straßen führt. Der Tag beginnt mit dem Aufstehen um 6:30 Uhr. Wie immer sind alle Pilger schon weg; zu unserer Überraschung werden wir allerdings nicht geweckt. Da es leider kein Frühstück in der Herberge gibt, beschließen wir, bei der nächsten Gelegenheit etwas zu essen.

Also starten wir die Etappe mit leerem Magen. Die ersten acht Kilometer vergehen schleppend; der Camino führt uns durch kleine Dörfer und an vielbefahrenen Straßen vorbei. Wir treffen endlich auf eine Bar. Wir hoffen, hier uns unsere heiß begehrten Bocadillos zu bekommen – es gibt jedoch keine. Genervt gehen wir weiter, bis wir auf die nächste Bar treffen.

Diese liegt ca. zwei Kilometer weiter. Wir werden mit gigantischen Ameisenfiguren sowie lauter Musik von Bach empfangen. Ein wirklich seltsamer Ort zum Frühstücken, jedoch sind die Bocadillos, die wir bekommen, die besten, die wir bis jetzt gegessen haben. Der Belag besteht aus spanischem Omlett (gebratenes Ei mit Kartoffeln und Zwiebeln).

Die Bar bietet mit ihren riesigen Ameisenfiguren einen kuriosen Anblick. Die laute Bach-Musik scheint auch etwas gewöhnungsbedürftig, das Frühstück ist aber eines der besten, das wir bis jetzt hatten.

Mit dieser nahrhaften Stärkung können wir unsere Etappe fortführen. Uns begegnen etliche Kühe und Hühner – insgesamt ist die Strecke von heute recht naturnah. Neben der anfänglichen Straße gehen wir nur noch durch kleine Waldstücke und erfreuen uns der Tiere, die wir dabei sehen. Als faszinierend empfinden wir ebenfalls das Lichtschattenspiel in den Wäldern, an welches sich unsere Augen jedes Mal gewöhnen müssen.

Die friedlichen Wäldchen in Kombination mit dem harmonischen Vogelgezwitscher lassen uns in einen tranceartigen Zustand verfallen. Ohne die Umgebung wirklich wahrzunehmen, ziehen die Wälder und Dörfer an uns vorbei. Die Kilometerzahl geht schnell runter. Mittlerweile haben sich unsere Körper so sehr daran gewöhnt, früh aufzustehen und dann direkt loszulaufen, dass das Wandern gar kein Problem mehr darstellt.

Als wir ein kleines Dorf durchqueren hören wir von links einen dumpfen Knall. Wir schauen nach dem Geräusch und sehen, wie ein Bauer auf seine Kühe im Stall mit einer Harke einschlägt. Ein wirklich furchtbares Bild. Wir werden wie aus dem Nichts aus unserer unbeschwerten Atmosphäre gerissen. Viola ist den Tränen nahe - die Brutalität dieser Tat lässt uns einmal mehr auf unsere Gespräche zurückkommen.

Insbesondere die Leidfrage mit Bezug auf Gottes Existenz wird erneut angerissen. Uns fällt deutlich auf: Sobald man selbst Leid erfährt oder wahrnimmt, ein Familienmitglied oder guter Freund betroffen ist, dann nimmt das Leid eine ganz andere Realität an und es ist nicht möglich, wegzuschauen. Viel zu oft scheint dies in unserer Gesellschaft vorzukommen. Ganz bewusst nehmen wir Leid auf der Welt wahr; wieder einmal werden wir in unserer Einstellung bestärkt: Wir können etwas verändern, indem wir zunächst an uns selbst arbeiten, dann Menschen helfen und für Fortschritt sorgen.

Mit diesen schrecklichen Bildern im Hinterkopf folgen wir dem Camino durch etliche weitere Dörfer und kleine Städte. Ablenkung suchend fangen wir irrelevante Gespräche an und versuchen krampfhaft, die vorangegangene Situation zu vergessen. Dies fällt uns schwer, bis wir in einen beeindruckenden Wald eintreten. Links und rechts vom Weg ragen riesige Bäume hoch in die Luft. Ein faszinierendes Bild.

Das Besondere ist, dass die Bäume zwei Arten von Blättern haben. Für uns war diese Baumart zunächst unbekannt, bis wir selbst ein Blatt erreichen können und zerreiben. In der Hand halten wir ein sehr klebriges, aromatisch riechendes Sekret. Eindeutig handelt es sich um Eukalyptus, der Geruch ist uns aufgrund von Pflegeprodukten sowie Lebensmitteln bekannt. Sehr imposant, denn die folgenden Wälder bestehen quasi ausschließlich aus Eukalyptusbäumen. Uns fällt ebenfalls auf, dass diese nicht von dem schrecklichen Pilzbefall betroffen sind, wie die Bäume in den Wäldern zuvor.

Wie aus dem Nichts tauchen riesige Eukalyptuswälder vor uns auf. Der angenehme Geruch von Eukalyptus vertreibt den Gestank von den Landstraßen.

Naja, dieser für uns seltene Anblick eines Eukalyptuswaldes vermittelt uns den Eindruck, nicht in Europa zu sein, sondern irgendwo im fernen Asien. Wie schon so oft imponiert der Camino mit der enormen Vielfalt der Natur. Die abwechlsungsreiche Landschaft ist der ausschlaggebende

Grund für die enorme Strecke, die wir heute absolvieren. Die faszinierende Umgebung lässt uns jeglichen Kilometerstand vergessen. Die Stadt Melide taucht plötzlich vor uns auf. Da sie ohnehin unser Etappenziel ist, suchen wir unsere Herberge auf. Melide ist eine verhältnismäßig große Stadt – wie durch Zauberhand werden wir glücklicherweise direkt zu unserer Herberge geleitet, die etwas abseits des Zentrums liegt.

In der Herberge angekommen freuen wir uns über die luxuriöse Ausstattung. Die Duschen sind sehr komfortabel und die Küche ist sehr gut ausgestattet. Also gehen wir im lokalen Supermarkt einkaufen, damit wir uns heute Abend etwas kochen können. Es gibt selbstgemachte Burger, das wohl beste Essen, das ich seit längerer Zeit gegessen habe. Die Pilgermenüs der Herbergen sind zwar auch gut, aber an etwas Selbstgemachtes kommen sie wirklich nicht heran.

Zufrieden gehen wir zu Bett; wir schreiben wie immer unsere Erfahrungen auf und reden über den Tag: Die heutige Strecke verlief ohne Komplikationen. Schöne Wälder und angenehme Temperaturen sorgten für eine entspannte Etappe, nur der Anblick roher Gewalt bei den Kühen heute macht uns etwas traurig.

Wenn man das Ganze auf uns Menschen überträgt, wird schnell deutlich, wie unbedacht Menschen Leid und Gewalt angetan wird. Wir versuchen, auf andere Gedanken zu kommen. Das andere, was sich etwas komisch anfühlt, ist, dass die Reise merklich dem Ende zugeht. Zwar sprechen wir das nicht direkt an, aber es zeigt sich in unserer Stimmung.

Es dauert nicht lange und wir fallen in einen tiefen Schlaf.

Unsere heutige Erfahrung: Die Welt hat auch hässliche Seiten, schätze die schönen umso mehr!

## 11. Etappe 09.06.17: Melide–Salceda

Der heutige Tag hält 26 Kilometer mit starken Steigungen für uns bereit. Nach dem frühen Aufstehen steht ein schönes Frühstück an. Mit den Vorräten, die wir am Vortag gekauft haben, machen wir es uns im Aufenthaltsbereich der Herberge gemütlich. Die Stimmung ist merklich anders als zu Beginn unserer Reise. Statt schnell aufbrechen zu wollen, um schleunigst die Etappe zu absolvieren, lassen wir uns unnötig viel Zeit.

Nach dem Aufbruch zeigt sich der Camino von seiner härteren Seite. Steile Abstiege und viele Straßenabschnitte erwarten uns. Auf dem Weg hören wir einige sich beschwerende Pilger.

Nicht selten gibt es Kniebeschwerden. Außerdem wird der Camino merklich voller, sobald wir aus dem ersten Waldabschnitt treten. An den markanten kleinen Rucksäcken sowie dem beschwingten Schritt der Pilger identifizieren wir diese sofort als „100-Kilometer-Pilger".

Nach neun Kilometern legen wir die erste Pause ein, äußerst früh für unsere Verhältnisse. Die Stimmung von heute Morgen zieht sich durch den ganzen Tag. Die Reise neigt sich spürbar dem Ende zu, und mit diesem Bewusstsein läuft es sich gänzlich anders.

Die Strecke, die wir noch zu gehen haben, scheint gar nicht mehr als Hürde, um ans Ziel zu kommen, sondern sie ist viel eher eine Chance. Eine Chance, um sich genau auf die Ziele und die Motivationen zu konzentrieren, die die Beweggründe für so eine Reise sind. Also konzentrierten wir uns in erster Linie darauf, so viel vom Camino mitzunehmen wie möglich. Die schöne Natur und das Gefühl, dem Alltag so fern zu sein, wirken befreiend.

Nach der Pause sind wir erstaunt, was der Camino erneut zu bieten hat. Kilometerweite Waldstrecken, die mit ihren atemberaubenden hohen Eukalyptusbäumen faszinieren. Auch die kleinen Details wie Blumen und Vögel nehmen wir ganz bewusst wahr. Es macht so einen enormen Unterschied, sich nur auf das Hier und Jetzt zu konzentrieren, und ganz bedacht vergeht Kilometer um Kilometer. Während dieser Zeit sammeln wir enorm viele Eindrücke und Erfahrungen, an die wir uns weit über die Zeit unserer Reise hinaus erinnern.

Nach gut 15 Kilometern, die überraschend schnell vergehen, gelangen wir zu einer bekannten Herberge. Ihr Name lautet „Heidis Herberge". Sie wurde von einer Pilgerfreundin eröffnet und bietet in einem schönen, renovierten Bauernhaus Unterkunft. Sie ist außerdem bekannt für ihre sogenannte „Wall of Wisdom", die Mauer der Weisheit. Diese Mauer ist gespickt mit Plakaten, die weise Sprüche, Fragen und anregenden Input präsentieren. Sie soll Pilger bewusst zum Nachdenken anregen, insbesondere zu den Themen Gott, Friede und Religion.

Wie so oft verhilft uns der Camino also auch dieses Mal zu neuen Erkenntnissen. Wir führen ein intensives Gespräch über die Existenz Gottes. Offensichtlich ist diese Frage nicht so leicht zu beantworten, insbesondere, weil sich schon etliche Generationen gelehrter Personen mit dieser Frage auseinandergesetzt haben.

Was für mich persönlich bemerkenswert ist, dass so viele wirklich schlaue Menschen, darunter auch Wissenschaftler, unabhängig voneinander an Gott glauben. Ich bringe auch gewisse Werte und Eigenschaften mit gläubigen Personen in Verbindung. Letztendlich bleibt die Ausgangsfrage auch nach zweistündigem Gespräch so ungeklärt wie vorher. Die Tatsache, dass wir uns so intensiv mit dem Thema auseinandersetzen, zeigt, dass wir uns nicht im alltäglichen Leben, sondern auf dem Camino befinden. Wirklich schwer in konkrete Worte zu fassen, aber obwohl wir keine Antwort auf unsere Frage bekommen, nehmen wir sehr viel aus dem Gespräch mit.

Das Foto zeigt die so genannte "Wall of Wisdom". Taktisch klug platziert liegt sie am Rand des Caminos. Dort hängen Zitate aus Philosophie und Religion. Auch wir werden zu einer Diskussion angeregt.

In der Zwischenzeit erreichen wir unser Etappenziel Bobance. Bemerkenswert ist, dass die Zeit wie im Flug vergangen ist, obwohl wir uns bemüht haben, diese so bewusst wie möglich wahrzunehmen.

In der von uns reservierten Herberge werden wir von einem verrückten und lustigen spanischen Hospitalero empfangen. Seine witzige Art bringt uns sofort zum Lachen. Trotz seiner manchmal unangenehmen Körperkontaktfreude genießen wir die Zeit in Bobance sehr.

Der Hospitalero ist eine der vielen Personen auf dem Camino, die diese Reise zu so etwas Besonderem machen. Und auch in diesem Moment ist es kaum zu fassen, dass diese Reise vorraussichtlich schon morgen vorbei sein wird.

Nachdem wir uns ausgeruht haben, suchen wir das örtliche Restaurant auf. Das erste Mal auf unserer Reise gehen wir in ein Restaurant, und wie erwartet schmeckt das Essen sensationell. Der Hunger, die gute Stimmung und das Bewusstsein über unsere Reise tragen dazu bei. Danach gehen wir trotz allem erschöpft auf unser Zimmer und treffen zu unserer Verwunderung altbekannte Pilger aus Dänemark, bei denen es sich um ältere Frauen handelt. Sie teilen uns mit, dass die heutige Strecke für sie extrem anstrengend gewesen sei. Wir tauschen uns über die morgigen Etappenziele aus (Pilgerritual) und gehen anschließend ins Bett. Die erhabenen inneren Gefühle wiegen uns in einen tiefen, erholsamen Schlaf.

Unsere heutige Erfahrung: Lebe ganz bewusst.

## 12. Etappe 10.06.17: Salceda–Santiago de Compostela

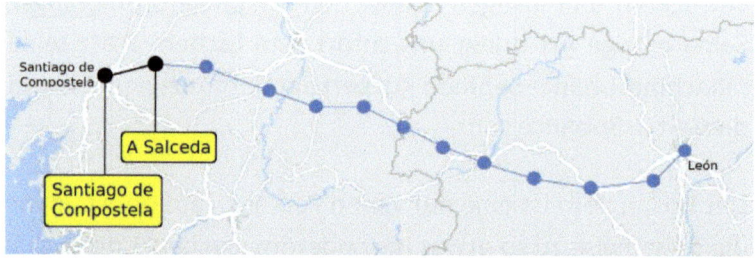

Die heutige und damit letzte Etappe erstreckt sich über 26 Kilometer bis nach Santiago. Direkt beim Aufstehen wird uns bewusst, dass dies das letzte Mal ist, dass wir uns der Herausforderung des Caminos stellen müssen. Das letzte Mal müssen wir so früh aufstehen, um dann übermüdet, strapaziert und schmerzgeplagt ca. 30 Kilometer zu laufen, um das Etappenziel zu erreichen.

Ehrlich gesagt klingt das wirklich unangenehm, doch sobald man diese Herausforderung gemeistert hat, fühlt man tiefe Erfüllung. Jedes Mal, nachdem wir in unserer Herberge angekommen waren und etwas zu essen in der Hand hielten, waren wir glücklich. Es bedarf nicht viel, um uns glücklich zu machen, das hat uns der Camino gelehrt. Wir haben die kleinen Dinge des Alltags zu schätzen gelernt.

Nach dem kleinen Frühstück, was aus übriggebliebenen Rationen vom Vortag besteht, frage ich den Hospitalero noch, ob das Wasser in seiner Herberge trinkbar sei und ob wir unsere Flaschen hier auffüllen können. Dem ist beizufügen, dass in Spanien bei Weitem nicht alle Wasserhähne und Brunnen Trinkwasser bereithalten.

Der wirklich lustige Spanier antwortet in seiner üblichen Gelassenheit: „Junge, ich betreibe diese Herberge nun seit vier Jahren, in dieser Zeit haben ca. 17.000 Pilger hier übernachtet und das Wasser getrunken. In dieser Zeit sind nur drei Leute daran gestorben. Das heißt, das Wasser ist völlig in Ordnung." Etwas verdutzt und auch sprachlos schauen wir ihn fragend an, bis er mir lachend auf die Schulter klopft und beifügt: „Quatsch, das war ein Scherz, das Wasser ist bedenkenlos trinkbar!" Also füllen wir unsere

Flaschen auf und ziehen los. Und wieder stimmt uns der Camino glücklich.

Zum letzten Mal verlassen wir eine Herberge, um eine Etappe auf dem Camino zu absolvieren. Die ersten zehn Kilometer verlaufen durch kleine Wälder, ihr Anblick und auch die Ruhe machen uns glücklich. Wir gelangen in einen fast tranceartigen Zustand. Völlig selbstvergessen und glücklich vergeht die Strecke.

Die Ruhe ist uns allerdings nicht lange vergönnt, denn schon bald tauchen große Pilgermassen auf. Diese rütteln uns auch sofort wieder wach. Mit dem Wissen, dass diese besondere Reise bald vorbei sein wird, versuchen wir, unsere Etappe künstlich zu verlängern. Wir machen viele Stopps und Pausen. Dabei treffen wir oft auf altbekannte Pilger, mit denen wir uns austauschen.

Der Camino wird mit jeden Kilometer merklich voller und voller. Die Ruhe und die freien Wege zu Beginn unserer Reise vermissen wir. Es wird ganz klar: Die Reise geht ihrem Ende entgegen.

Nachdem wir erneut aufbrechen, führt uns der Camino am lokalen Flughafen von Santiago vorbei. Dieser liegt zwar einige Kilometer vom Zentrum entfernt, dennoch ein Anzeichen dafür, dass das Ziel unweigerlich näher rückt. Anschließend führt uns die Strecke auf weitläufigen

Asphaltstraßen zu einer Aussichtsplattform, zu deren Füßen sich Santiago erstreckt. Der Anblick, der sich uns bietet, ist atemberaubend. Die roten Dächer der Stadt erstrecken sich über den gesamten Horizont. An diesem Ort treffen sich sehr viele Pilger, und wir sind ganz überwältigt von den vielen bekannten Gesichtern. Wir verweilen kurz an diesem besonderen Ort. Mittlerweile ist es jedoch schon so voll, dass es unangenehm wird. Wir ziehen also weiter und das Ende ist wortwörtlich in Sicht.

Der Camino führt uns weitere drei Kilometer bergab in die Stadt. Mit einem mulmigen Gefühl laufen wir am offiziellen Stadtschild vorbei. Wir nehmen das Ereignis stillschweigend hin. Keine wirkliche Freude oder Erleichterung kommen auf. Nicht traurig, sondern einfach nur schweigend gehen wir weiter ins Stadtinnere.

Wir werden durch enge Gassen durch die schöne, gepflegte Altstadt geführt, bis wir die Kathedrale erreichen. Davor und überall in der Stadt tümmeln sich die Pilgermassen. Von der ursprünglichen Verlassenheit des Caminos ist nichts mehr übrig. Die alten Gebäude, die Pilgermassen und der riesige Platz, auf dem wir stehen, lassen ein ganz besonderes Gefühl entstehen. Es wirkt etwas surreal, dass wir hier sind. Wir betreten die Kathedrale und begeben uns nach längerem Warten zum Grab des heiligen St. Jakobus. Mit der Umarmung der Skulptur beenden wir unsere Reise offiziell.

In den Straßen von Santiago tümmeln sich Pilger aus aller Welt. Die Ruhe und Verlassenheit des Caminos sind dahin. Mit gemischten Gefühlen beenden wir diese Reise, einerseits froh, diese Herausforderung bewältigt zu haben, andererseits traurig, dass es vorbei ist.

Und wir fangen langsam an zu begreifen, dass unsere Reise am Ende ist. All die verschiedenen Abenteuer und Eindrücke des Jakobswegs münden in diesen Augenblick. Mit gemischten Gefühlen verweilen wir in der Stadt. Bei den vielen tollen Cafés, die der Reiseführer empfiehlt, fällt es auch nicht schwer, sich die Zeit zu vertreiben.

Bei einem leckeren Eis offenbart sich uns für ein letztes Mal auf unserer Reise die Erkenntnis: Wir brauchen so wenig, um glücklich zu sein, kein leckeres Eis oder Kaffee, kein schönes Hotelzimmer oder Fernseher. Nicht mal Familie und Freunde vermissen wir während dieser Zeit. Die vielen wunderbaren Eindrücke, die wir erleben durften und die Menschen, denen wir begegnet sind, haben diese Reise zu etwas Besonderem gemacht.

Trotz der Schönheit und den Sehenswürdigkeiten, die diese Stadt zu bieten hat, merken wir, dass der Weg selbst viel mehr das Ziel war als das Ziel selbst. Um nicht das Wort „Ernüchterung" zu verwenden, lassen wir die Eindrücke der Stadt auf uns wirken.

Danach verschlägt uns die Müdigkeit in eine Herberge. Wir ruhen uns aus und schätzen uns glücklich, diese Reise angetreten zu haben. Ein letztes Mal machen wir uns auf, um nach einem Abendessen zu schauen. Eine pilgerfreundlich gesinnte Frau führt uns in ihr Lokal. Auch hier überwältigt uns ihre Herzlichkeit. Wir bestellen uns Paella mit Fleisch, sehr lecker. Wir bekommen als Nachtisch sogar mehrere Angebote, weil wir nachgefragt haben, was denn genau diese Namen auf der Speisekarte zu bedeuten haben.

Ein sehr gelungener Abend neigt sich dem Ende zu. Ein letztes Mal kehren wir in die Herberge ein, um uns schlafen zu legen. Wir fallen beide schnell in einen tiefen Schlaf.

Unsere heutige Erfahrung: Der Weg ist das Ziel.

Mit der Pilgerurkunde, der sogenannten Compostela, ist auch nun offiziell unsere Reise beendet. Ein Nachweis, der uns immer wieder an unsere tollen Erlebnisse erinnern wird.

Da wir unsere offizielle Reise auf dem Jakobsweg wesentlich schneller abgelaufen sind, als wir erwartet haben, haben wir einige Zeit übrig, die wir in Spanien verbringen können. Die Überlegung ist, drei Tagesmärsche an das Cap de Finesterra weiterzulaufen. Da der Wetterbericht aber Unwetter und Regen für die nächsten Tage vorhersagt, entschließen wir uns dagegen. Ein Geheimtipp verweist uns auf die Stadt Vigo. Wir entscheiden uns spontan, 100 Kilometer weiter südlich von Santiago in der Hafenstadt „richtigen" Urlaub zu machen. Gesagt, getan. In Vigo verbringen wir drei wundervolle Tage, wir besuchen die Illas Cies, eine kleine Inselgruppe, die der Stadt vorgelagert ist. Auf den Inseln verfolgt uns das Gefühl des Caminos; einfach am Strand liegen zu bleiben und die Sonne und den Wind zu genießen ist zu langweilig. Wir erkunden die Insel und gelangen an die wunderbarsten Orte. Erfahrungen, die wir nie vergessen werden.

Dieses Bild ist an einem der Orte auf den Illas Cies entstanden. Es fasst unsere Erfahrungen wunderbar in einem Bild zusammen: Der Jakobsweg hat uns so viel gelehrt, so viele Erkenntnisse. Aber auch wie wichtig es ist, nach vorne zu schauen, weiterzukommen. Auch symbolisiert dieses Bild, wie offen zugewandt die Welt einem ist und wie vieles es zu entdecken gibt.

In den folgenden Tagen beenden wir unsere Reise mit dem Rückflug nach Deutschland. Rein faktisch ist unsere Reise nun abgeschlossen.

Mit diesem Buch möchte ich meine Erfahrungen mit allen Lesern teilen. Ich möchte niemandem die Erkenntnisse und Abenteuer vorenthalten. Der Wert, den diese Reise für meine Persönlichkeit hat, ist enorm. Ich versuche solch eine Reise zugänglicher für die Leser zu machen, denn oftmals scheint es mir fast unfair, dass viele Menschen etwas Derartiges noch nicht erlebt haben.

Gerade jungen Lesern versuche ich mit meinen Erfahrungen zu zeigen, wie viel man bei so einer Reise gewinnt. Bis heute hat sich meine Persönlichkeit nachhaltig verändert, man sieht viele Dinge anders als vorher und oft zehrt man auch in etwas anstrengenden Zeiten an den wunderbaren Erinnerungen.

Die Reise barg viele Entbehrungen und erforderte viel Disziplin. Jeden Tag so früh aufstehen, dann ca. 30 Kilometer laufen um dann völlig fertig in der nächstbesten Herberge anzukommen und halb tot ins Bett zu fallen; hört sich nicht nach einem Traumurlaub an. Die körperliche und psychische Ausdauer, die wir dadurch gewonnen haben, ist uns teilweise bis heute erhalten geblieben. So kam ich auch dazu, dieses Buch zu verfassen, um meine Erfahrungen zu teilen – mit dem Ziel, andere Menschen selbst zu so einer Reise zu begeistern. Natürlich klingt es geradezu fantastisch, was so ein einfacher Weg alles macht, wenn aber nur ein besonderes Erlebnis oder eine Erkenntnis hängenbleiben, ist es das wert.

Neben den tollen Naturschaubildern, die der Jakobsweg zu bieten hat, sind es vor allem die Menschen, die solch eine Reise zu etwas ganz Besonderem gemacht haben. Man begegnet so vielen Leuten, manchmal mit komplett anderen Ansichten, manchmal mit den gleichen, aber jedes Mal war ich dankbar für diese Bekanntschaften. Zusammenfassend kann ich mit bestem Gewissen sagen, dass all die schönen Erlebnisse die Entbehrungen um Längen überwiegen.

Um die Zeilen aus dem Vorwort nochmal aufzunehmen, möchte ich erneut dazu animieren, sich selbst zu fragen, ob so eine Reise nicht vielleicht doch in den Terminkalender passt. Die Möglichkeiten, an seiner Persönlichkeit zu feilen sind perfekt.

Insbesondere all denen, die sich selbst zu so einer Reise entschließen, möchte ich mit auf den Weg geben, diese als Chance zu sehen. Man muss immer offen für Neues sein und die Zeit ganz bewusst erleben. Vielleicht legt man das Handy abends einfach mal weg oder beginnt spontan ein Gespräch mit einem Mitpilger. Wichtig ist, dass man die Erfahrungen zulässt und sich an den kleinen Dingen erfreut!